DECKWEISS FÜR ALLE!

MANFRED JENDRYSCHIK

DECKWEISS FÜR ALLE!

ODER EINE PLÖTZLICHE LIEBE MIT HINTERGEDANKEN

Anekdoten und Verwandtes aus der DDR-Kulturwelt

mitteldeutscher verlag

I: NA JA, DER

Na ja, der Sozialismus – schön und gut, aber muss er ausgerechnet an uns ausprobiert werden?

Ein Buna-Arbeiter 1981

DER KÄMPFER

Der Kiepenheuer-Verlag bat J., wenn er schon im Schriftstellerverband in Berlin zu tun hat, den Umbruch für die (mit Heiduczek) von Heym herausgegebene Revolutions-Anthologie mitzunehmen und ihm zu geben. Der Altmeister fragte J. nach seinen besonderen Eindrücken vom 89er Herbst, und als er ihm auch vom Versanden des Ganzen durch die Rechtsradikalen in Leipzig erzählte (Ende Dezember gab es einen verordneten Schweigemarsch, um deren Parolen nicht hören zu müssen), meinte er, dass er, wäre er jünger, jung, sich einer Gruppe anschließen würde, die, mit Stöcken bewaffnet, ab und zu den Glatzen eins aufs Maul haut – denn so, ohne sichtbare Gegenwehr, glauben die doch, dass ihnen nicht nur die Straße gehört und dass sie tun und lassen können, was sie wollen.
Als J. dann den alten Kämpen verließ, wurde ihm erst vor der Tür bewusst, dass er zwar auch nicht mehr ganz jung ist, zumindest aber deutlich jünger als der muntere Greis.

DER HINTERGRUND

Als dem J., nach einigen Gesprächen, Stefan Heym den *Nachruf* schenkte, kamen sie auf den Plot zu sprechen. Die *New York Times*, die offenbar für Tausende berühmter Leute die Todes-Würdigungen vorgefertigt hat und die jeweiligen Schriftstücke beim Ableben des Delinquenten nur aus der Kartei ziehen (im Computer finden) muss, hatte die Dreistigkeit, ja Unverschämtheit, Stefan Heym den ihm zugedachten Biografie-Artikel zu schicken und um das Korrekturlesen zu bitten. Dies nahm er zum Anlass, sein Leben zu überdenken und dieses höchst informative Buch zu schreiben.

Freilich ärgerte ihn, schien's, erheblich, dass er auf diesen köstlichen Einfall fürs Verfassen der Memoiren, von dem er ja wusste, nicht selbst gekommen war, sondern durch diese (verdammten) Amerikaner erst darauf gestoßen werden musste.

DIE CLEVEREN

Die Nationalpreisträger, jedenfalls die I. Klasse, konnten, als besonderes Privileg, ein Baugrundstück an der Ostseeküste oder/und ein Automobil westeuropäischer Fertigungsart für viel Ostgeld erwerben. Die Geschwindigkeitsgrenze bei den östlichen Autobahnen (schon wegen ihres Verfalls) bei 100 Stundenkilometern, und mit den Westschlitten *donnerten* die Hochgeehrten am liebsten die noch weniger befahrene, neuere Strecke Berlin—Rostock hinunter, so auch Benito Wogatzki. Wiederum freute sich die Verkehrspolizei, wie er später erfuhr, wenn so ein Geschoss über die sozialistischen Schlaglöcher flog, denn das bedeutete hohe Strafen in diversen Valuta, das heißt sogenanntem frei konvertierbarem Geld, und das hinwieder bedeutete Pluspunkte oder geringen Anteil, ich weiß nicht genau.
Gewiss war die Enttäuschung groß, als ein hiesiger Bürger in dem überschnellen Wagen entdeckt wurde. Freilich, einer der Ordnungswächter hatte den Namen, nach *Einsicht in die Fahrpapiere*, in Erinnerung, und er fragte, ob er mit diesem bekannten Fernsehautor verwandt sei, worauf W. stolz sagen konnte: er sei es selbst. Nun berichtete ein anderer Polizist, dass erst kürzlich so ein Dicker aus Halle hier vorbeigekommen sei, ein gewisser Nutsch oder Notsch (Neutsch: wurde er verbessert), auch Berühmtheiten künstlerischer Art aus Berlin werden immer wieder gefasst. – Und wie ist die Strafe? – Nun, sagte der Gebildete unter den Weißgrünen, die haben bei uns gelesen oder Bilder ausgestellt. – Na, sagte da W. erfreut, darüber lässt sich doch reden.

So stellte sich offenbar, sagte Wogatzki, ein Teil unserer interessierten hauptstädtischen Geschwindigkeitshüter sein Kulturprogramm zusammen; man kann sagen: zumeist nach Angebot.

GRÜNDE

Wogatzkis Fernsehspiele in Fortsetzung, in denen stets ein Meister Falk, natürlich mit Hilfe guter und bester fortschrittlicher Kollegen, die Konflikte richtete, versteckten ihren *progressiven* Agitationscharakter nur ungenügend, und irgendwann reichte es offensichtlich dem berühmten Hauptdarsteller Wolf Kaiser, dem idealen Mäcki Messer oder möglichen Ganoven in Hollywood-Western (Letzteres: Rollenangebote, die er ausschlug), und er tauchte zu den Filmaufnahmen eines Tages nicht mehr auf.
Wogatzki schwante Schlimmes, Prinzipielles, und er raste von einem Ende Berlins ans andere. Eine Haushälterin wollte ihn nicht vorlassen zu dem Schwerkranken, doch Benito stürzte ins Wohnzimmer, und siehe da: dort saß, hinter einem riesigen Berg Spaghetti, sich die Düfte ins Gesicht wedelnd, die Augen selig verträumt, die Wangen rosig, der Mime und erfreute sich bester Gesundheit.
Als er nun zu dem Störenfried aufschaute, brauchte er ein paar Momente, die Situation in ihrer Tragweite zu verstehen, dann verzog sich sein Gesicht schmerzverzerrt, er stöhnte auf und hauchte wie dem Tode nahe: Mir geht's ja so schlecht – ich darf nur noch Spaghetti essen.
Nach einer halben Stunde gemeinsamer Speisung und diversen Wodkas rasten sie zum Drehort.

DER EINWURF

Benito Wogatzki wusste mündlich, mitunter im ziemlichen Kontrast zu seinen Fernseh-Drehbüchern, höchst lebendig und effektvoll zu erzählen. Einmal berichtete er, in einer Autorenrunde am Schwielowsee, von seinen Erfahrungen mit Arbeitern, die, unter sich oder im privaten Gespräch mit ihm, so kräftig und bildhaft zu reden verstehen, aber kaum hält ihnen ein Journalist ein Mikrofon vor die Nase, anfangen zu stottern und schwülstig herumzuschwafeln, wie sie zu Ehren des zehnten Parteitags und im Auftrag der Klasse und im Kampf für Frieden und Sozialismus den Plan nicht nur erfüllen, sondern über- und übererfüllen usw. usf. Und alle lachten bestätigend.

Da fragte einer: Und wie reden die Arbeiter in deinen Fernsehspielen? Da war Wogatzki überrascht.

PLÖTZLICHE LIEBE MIT HINTERGEDANKEN

Nach einer zweijährigen Amtszeit, nach der ziemlich direkten Machtübernahme, wollte der Staatsratsvorsitzende Erich Honecker seinem Satz, es gebe im Sozialismus keine Tabus (allerdings: wenn man fest auf dem Boden der real existierenden Tatsachen steht und diese uneingeschränkt anerkennt), nun einige Friedensangebote folgen lassen – die internationale Presse wurde informiert; plötzlich erschienen neue, bisher unterdrückte Bücher von Stefan Heym und Franz Fühmann und Günter Kunert, Christa Wolf wurde gewürdigt, selbst Wolf Biermann bekam ein Angebot. Auf dem Schriftstellerkongress sollte Ulrich Plenzdorf in den Kanon der Liebwerten einbezogen werden.

Damit die entscheidende Begegnung medienwirksam ablief, mussten Vorbereitungen getroffen werden. Auf der Tribüne der großen, nur alle fünf Jahre stattfindenden Tagung, saßen in einer Reihe, einander abwechselnd, schriftstellerisches Präsidiumsmitglied und Angehöriger des Politbüros, so die enge Verbundenheit von (Einheits-)Partei und Kunst demonstrierend. Doch damit es nicht heißt: Dieser Weg wird ein langer sein (und vielleicht ein vergeblicher), und der von der Tribüne zu den Autorenplätzen war ein langer, wurde der Fernseh-Mensch und gute Genosse Wogatzki beauftragt, Plenzdorf in ein Gespräch zu verwickeln und an den Stuhl zu binden, bis Honecker den Ort erreicht. Das Rudel der Fotografen, offenbar stellsicher informiert, hatte sich schon aufgebaut, und als der hohe Erwartete erschien, klickten die Apparate, und es entwickelte sich ein bedeutender Dialog der Art: Guten Tag, Genosse Plenzdorf, wie geht es Ihnen? – Guten Tag, Genosse Honecker, es geht. – Gib es denn, Genosse Plenzdorf, Probleme? – Es wurden in letzter Zeit mehrfach und seltsamerweise aus Einladungen Ausladungen. – Nun, dann müssen wir dafür sorgen, dass aus den Ausladungen wieder Einladungen werden. Schönen Tag noch, Genosse Plenzdorf. – Und ein flüchtiger Handschlag für die Kameras.

Es muss hier erwähnt werden, dass am selben Tag Jurek Becker eine ironische Kongress-Rede darüber hielt, wie sich Journalisten und Literaturkritiker aus der westlichen Welt neuerdings verstärkt an die ostdeutschen Autoren ranschmeißen und Verständnis für die hiesigen Probleme mimen und sie auf ihre Seite ziehen wollen. Sein Beitrag hieß: *Plötzliche Liebe mit Hintergedanken*, und dies war auch der groß und fett gedruckte Titel des Artikels, der mehr als die obere Hälfte des *Neuen Deutschland* füllte. Über diesen Artikel wurde das erwartete Bild, also Honecker und Plenzdorf im freundschaftlichen, ja herzlichen Gespräch, signalisierend gesetzt, die Unterschrift üblich klein, eher unauffällig.

Um Mitternacht etwa blätterte ein leitender Mitarbeiter die schon angedruckte Zeitung durch, und er sah eine Katastrophe: die Enttarnung Erich Honeckers. Er und Plenzdorf und ein winziger Hinweis, aber überkräftig, als wäre das eine Kombination, als wäre das die eigentliche Unterschrift, der Titel „Plötzliche Liebe mit Hintergedanken". In seiner Panik versuchte der stellvertretende Chefredakteur noch zu retten, was zu retten war: Er ließ die Produktion dieser Seite stoppen, er verschob den Artikel auf „neutralen" Boden, ließ, wo nötig, neu setzen und dann drucken, aber er musste erfahren, dass ein Teil der Auflage schon auf dem Weg zum Erzgebirge und zur Ostseeküste war, da war nichts mehr zu machen.

So erschienen ein einziges Mal zwei (verschiedene) Ausgaben des *Neuen Deutschland* für einen Tag, sagte Wogatzki.

DIE MARKIERUNG

Vermutlich ist keine Anekdote so sehr DDR wie die von Strittmatter und seiner Ente, eine Geschichte, die er gern erzählte und verschiedentlich ausschmückte und auch schriftlich fixierte.

Er las also eines Tages einen Text von sich in der Zeitung, und da guckte, winziges Detail, eine Ente ostwärts. Wie das, dachte er, und dachte: Wieso guckt meine Ente so? Und er entsann sich, und die Entsinnung sagte ihm: die Ente guckte, ursprünglich, nestwärts (eine nicht unübliche schöne Wortfindung von ihm). Und er bat die Redaktion zu recherchieren, wie es zu dieser Bestimmung einer Himmelsrichtung für den Entenblick kam – und siehe da, es handelte sich um einen Druckfehler und die Korrektur eines Druckfehlers: Ein verantwortlicher Mitarbeiter las, dass, durch unbeabsichtigte Wandlung des Buchstabens *n* zum Buchstaben *w*, da eine Ente einfach westwärts guckte, in die falsche Richtung, was doch nicht sein konnte – wollte sie etwa Republikflucht begehen? Also suchte der Zeitungsmensch nach einem Ausweg und ließ die Ente sich um 180 Grad drehen, und nun guckte, o Rettung, die Ente ostwärts – endlich in die richtige Richtung, und natürlich wie natürlich.

Ein Glück, sagte Strittmatter einmal, dass ich nicht über Zugvögel im Herbst geschrieben habe – wer weiß, wo die gelandet wären.

VOM SCHIZOIDEN (IM AMT)

Eines Nachts, nach einer Literaturkonferenz, saßen der ehemalige Kulturminister und nunmehrige Fernseh-Chef und sein oberster Dramaturg und die regierende Lektorin des Mitteldeutschen Verlages und ein junger Dichter bei ein wenig Alkohol zusammen und schwafelten dies und das von Politik, Gesellschaft und den Künsten, und irgendwann kamen sie auf den gerade in Verschiss geratenen Autor Günter Kunert zu sprechen, und die drei Institutsmächtigen und leitenden Genossen äußerten ihre ungebremste Sympathie für diesen Aufrechten, der deutlich für seine Meinung stand – und wer weiß, was auf ihn noch alles einprasseln wird. Der eben auch naive Dichter glaubte, seinen Ohren nicht trauen zu dürfen: Aber wenn ihr morgen die Anweisung bekämt, gegen ihn öffentlich aufzutreten, würdet ihr das, ohne mit der Wimper zu zucken, tun? – Alle drei nickten und sagten: Natürlich. (Seltsames Wort.) Und Einer sagte, nach einer Weile: Mit der Wimper zucken würden wir schon. Und ein Anderer: Und zustimmen mit schlechtem Gewissen. Und die Notwendigkeit einsehend.

VORREITER

Klaus Gysi, der Vater des jetzt entschieden bekannteren Gregor, war Emigrant und gehörte zum jüdischen Bildungsbürgertum und gleichzeitig zur kommunistischen (genauer: stalinistischen) Weltbewegung. Er war zeitweilig Kulturminister, zeitweilig Staatssekretär für Kirchenfragen, zeitweilig Botschafter in Rom, zeitweilig Leiter des höchst umfangreichen Aufbau-Verlages samt Rütten & Loening – also ein mit allen (Weih-)Wassern gewaschener besserer Funktionär. Seine Intelligenz, sein Wissen, erlaubten ihm nicht, darüber glücklich zu sein, dass zwar im hiesigen Bereich drei Bücher über Kafka erschienen waren, von ihm selbst aber keine Zeile. Also wies er, als Aufbau-Chef, sein Lektorat an (bat das Lektorat darum), alles für den Tag X vorzubereiten, an dem der Wind günstig sein könnte für ein Erscheinen des großen Franz. Die Gefahr bestand allerdings, dass nach der Veröffentlichung des Romans *Das Schloss* dem Roman *Der Prozess* ein solcher gemacht wird bzw. dass er nicht mehr sein Publikum erreichen wird, dass andererseits nach der Drucklegung des *Prozesses Das Schloss* nicht das aus dem Osten kommende Licht der Welt erblickt, von den Erzählungen *Die Verwandlung* und *In der Strafkolonie* und vielen weiteren ganz zu schweigen. Also war die weise Erkenntnis, die vielen hundert Seiten in ein überdickes Buch zu pressen, Gesammelte Werke, ein etwas wirres Kompendium, und es mit einem Mal *herauszuhauen*, und dann Gnade uns Gott. Gott gnadete: es geschah so gut wie nichts, es war einfach an der Zeit.

DER UNFREIWILLIGE HELFER

Nach seinen siebeneinhalb politisch intendierten Zuchthausjahren wollte Erich Loest, ehe er sich wieder an Literatur heranwagte, einige schriftstellerische Lockerungsübungen probieren und schrieb unter dem Pseudonym Hans Walldorf mehrere Kriminalromane, einer hieß *Der Mörder saß im Wembley-Stadion*, eine Story, die mit der Fußball-Weltmeisterschaft 1966 in England verbunden war. Um die drucktechnische Schlagkraft der DDR zu beweisen, wurde eine minimale Erstauflage des Buches vor dem Endspiel gedruckt, ein winziger Raum blieb frei für das Krönungs-Ergebnis, das noch in der Nacht nach dem Groß-Ereignis eingedruckt wurde – und zwei Tage später war das Buch samt letzter Neuigkeit auf dem Markt und sollte auch den wesentlichen westlichen Stellen signalisieren: Die da im Osten sind Weltniveau. Ob die es überhaupt zur Kenntnis nahmen, ist ungewiss geblieben; dass Erich Loest zur Siegespropaganda des Ländles beigetragen hat (dafür benutzt wurde), wollte er lange nicht glauben.

E. L.

Bei ihrer ersten Begegnung, Ende der sechziger Jahre, sah J., dass sich Erich Loest zum Frühstück im Tagungshotel etwas Nicht-Alltägliches kommen ließ: ein Ei im Glas mit Rotwein. Er saß dann etwa fünf Minuten wie träumend davor, dann speiste er sorgsam.

Zwar wusste J., dass Loest siebeneinhalb Jahre Knast für ein politisches Nichts hinter sich hatte, begriff aber erst später, wie sehr L. beschlossen hatte, von nun an jedes Essen, jedes Trinken und jedes Gespräch zu genießen.

DER GRUND

Als der ältere Schriftsteller Erich Loest mit dem jüngeren Schriftsteller J. gegen Mitternacht, nach vielerlei Debatten und befördert auch durch den einen oder anderen Schluck, so vertraut und beieinander waren, dass das Übergehen zum Du wie eine logische Ab-Folge sich anbieten sollte, erklärte der Ältere, dass dies für ihn noch immer etwas Besonderes wäre.

In seinen siebeneinhalb Jahren Zuchthaus Bautzen (für angeblich konterrevolutionäre Gruppenbildung, also für nichts) war er nur eine Nummer, die jeder Schwachkopf vom Wachpersonal duzte, sodass der eher proletarische Typ Loest sich schwor, später einmal sehr auf einen bürgerlich-distanzierten Umgangston zu achten und sich nur noch selten zu einem brüderlichen Du hinreißen zu lassen.

DER GRENZFALL

Wolfgang Mattheuer, der bedeutende kritische Maler, war einer der Ersten, der *im Westen*, in der Bundesrepublik, in Nürnberg zu einer Ausstellung eingeladen wurde. Er bekam wohlwollende Rezensionen, er war wie ein Botschafter der DDR, jedenfalls ihres besseren Teils. Und reiste selig zurück und wurde an der Borderline von einer uniformierten polizeilichen Zöllnerin befragt, ob sich in seinem Gepäck westliche Druckerzeugnisse befänden, die, wie er gewiss wisse, für die Einführung in den Heimatstaat nicht gestattet seien. Nein, erwiderte Mattheuer, er habe derartige Produkte nicht bei sich, er habe einzig *seinen* Katalog, den Katalog zu seiner Ausstellung mitgebracht. – Aber Herr Professor, rief da der weibliche Wachmann, das ist doch ein westliches Druckerzeugnis. Sie sagte es im thüringischen Sächsisch, und Mattheuer erwiderte im Leipziger Sächsisch: Aber es ist doch mein Katalog, worauf die Wachmännin, ebenso flehentlich um Verständnis bittend wie nachdrücklich, rief: Aber es ist doch ein westliches Druckerzeugnis, worauf Mattheuer, schon fassungslos, rief: Aber es ist doch mein Katalog, worauf die Wachfrau trocken sagte: Aber ein westliches Druckerzeugnis, Herr Professor, worauf der Herr Professor, zu der Zeit noch Genosse Professor, nach Luft schnappte, zu schnappen versuchte, und es ging weiterhin hin und her, bis das westliche Druckerzeugnis konfisziert wurde, konfisziert werden musste. Basta. Leider.

Die Zollverwaltung erstattete ihm, Wochen später, das Druckerzeugnis zurück, mit mehreren Entschuldigungen und der Rede vom Übereifer. Aber: Ordnung muss sein, die Gesetze müssen eingehalten werden – wo kämen wir denn sonst hin.

DAS CHARAKTERISTIKUM

Im Land zwischen Oder und Werra war vieles überaltert, sowohl die Maschinen in den Betrieben, die Transparente davor, die Autos, die Häuser und der Putz an den Häusern, die Handelsverbindungen, die Gesetze zu Freiheit und Ökologie als auch ein Großteil des regierenden Politbüros. Und warum sollte da die Berliner Akademie der Künste eine Ausnahme sein?
W. erzählte, dass während der Sitzungen gegen Abend Schnittchen gereicht wurden, und bei den kleinen Broten war prinzipiell die Rinde entfernt.

DAS SOWOHL-ALS-AUCH

Die Wahl für die Akademie der Künste, die Aufnahme in die Schriftstellerorganisation oder die Künstlerverbände, die Vergabe von Kunstpreisen und Stipendien, die Auslandsreisen, die Teilnahme an Großveranstaltungen, das propagandistische Herausziehen aus dem Durchschnitt – alles unterlag einem streng demokratischen Ritus, ja Rhythmus der Ausgewogenheit, der Balance, auch gegen die machtausübende Partei. Es war wie beim Straßenfußball – zwei halbwüchsige Anführer gehen Schuh vor Schuh gegeneinander zu und rufen sich dann ihre Mannschaften zusammen.

Sollte ein Wortgewaltiger wie Heiner Müller der Akademie angehören, musste ein politisch Zuverlässiger bzw. Funktionär wie Otto Gotsche ihm zur Seite gestellt werden, sollte ein anmutiger Ziseleur wie Peter Hacks ins Hohe Haus, gab es als Pflicht-Zugabe den vierschrötigen Neutsch, neben dem zunehmend bedenkenreichen Revolutionshymniker Volker Braun schlüpften auch die Macher seichter Fernsehserien in den verehrten Kunsttempel.

In all diesen Gremien statuierten sich zwei Lager, die sich entweder mit Ironie zur Kenntnis nahmen oder gar nicht (verstärkt nach der Biermann-Ausbürgerung). So entstand eine Teilung nicht nur Deutschlands, sondern auch innerhalb des Ländchens, die, da sich die Parteiungen nie wirklich aussprechen konnten, Tacheles miteinander reden, allmählich verkarstete.

DIE MACHT DER LÜCKE

Die Macht des Wortes ist schon ausführlichst und zu allen Zeiten und Orten erörtert und gewürdigt und lobpreist worden – aber was ist mit jener Stelle, an der kein Buchstabe steht, dem weißen Spalt zwischen all den schwarzen Zeichen, dem leeren Platz, dem Nichts? In der *Leipziger Volkszeitung* sollte, so Peter Gosse, in einem dem Westen gegenüber polemischen Artikel von der ohne Zweifel rechtmäßigen DDR-Regierung die Rede sein, doch durch einen Zeilenbruch oder das weggeknickte Verbindungszeichen oder wodurch auch immer war von einer ohne Zweifel recht mäßigen DDR-Regierung zu lesen.

Obwohl er vielleicht einiges, sicherlich unfreiwillig, zur Aufhellung der Situation beigetragen hatte, wurde dem zuständigen Redakteur gekündigt.

DAS VERWERFLICHE

Als nach der Ausbürgerung des Liedermachers Wolf Biermann vier Autoren des Raums Leipzig/Halle dem Lieben Genossen Honecker ein Briefgen schickten und baten, diese Maßnahme zurückzunehmen, weil sie unserer Sache schadet, fand der bzw. fanden seine vermeintlich staatssichernden Mitarbeiter, dass alle denkbaren restriktiven Gegenhandlungen unternommen werden müssten, zum Beispiel vierundzwanzig Stunden Beobachtung, Erwägung einer Entlassung, Publikationsverbot usf.

Bei der Eröffnung von Parteiverfahren war ein köstliches Detail der gedachten Anklagepunkte, dass zwei Mitglieder der Sozialistischen Einheitspartei mit zwei Nicht-Mitgliedern eine doch, siehe oben, freundlich gehaltene Petition unterschrieben – sozusagen den militanten Orden beleidigten, weil sie mit x-beliebigen Zivilisten, mit zwei Nichtgläubigen/Heiden, eine, wenn auch (nur) zeitweilige, Verbindung eingingen, einem ökumenischen Gottesdienst zuneigten. Schande!

DIE ZWEIER-KOMBINATION I

Der Rostocker Hinstorff-Verlag wurde in einer entscheidenden Phase, nach 1960, von zwei höchst gegensätzlichen Männern geleitet. Der eine war der von Partei und Regierung bestellte Verlagsleiter Konrad Reich mit dem Habitus eines Grandseigneurs, einer, der zu jeder Jet-Set-Gesellschaft gepasst hätte, ein cleverer, geschäftstüchtiger, unterhaltsamer Mensch, dem es unterlaufen konnte, dass er von den *Internicas* sprach, die im eigenen Hause bleiben sollten, und andererseits der parteilose (der letzte seiner Art) Cheflektor Dr. Kurt Batt, ein Praktiker und Wissenschaftler und Handwerker des Worts, hochgebildeter kleiner Literaturpapst und Anziehungspunkt vieler Autoren. Jeder für sich war wichtig, doch erst zusammen wurden sie jene Verbindung, die aus einer vergessenen Provinz-Klitsche eine für beide Deutschlands wesentliche Institution machte.

Der Eine starb außerordentlich früh, nach diversen ärgerlichen Querelen mit dem Staat (Mittenzwei bot ihm Hilfe an), an einem Herzinfarkt, dem Anderen wurde nach der Wende, keine sehr große Überraschung, die Stasi-Zuträgerschaft angelastet. Ich glaube, dem lieben Konrad ist nie aufgefallen, welch doppeldeutige Botschaft er lieferte, wenn er viele seiner Briefe an die Autoren mit den Worten beendete: Herzlich Dein Reich.

DIE ZWEIER-KOMBINATION 2

In den sechziger Jahren wurden im halleschen Mitteldeutschen Verlag die Mentalitäts-Unterschiede der beiden leitenden Herrschaften deutlich gepflegt – das führte auch dazu, dass sie zeitweilig nur schriftlich miteinander verkehrten, von Schreibtisch zu Schreibtisch in einander gegenüberliegenden Zimmern, die jeweilige Sekretärin in einem gemeinsamen Raum dazwischen. Der Eine, Bressau, ein Korinthenkacker sondersgleichen, das klischierte Generalbeispiel des deutschen Buchhalter-Typus, dabei strammer Kommunist, der viel zu erleiden hatte, der Andere, Heinz Sachs, ein eher schlampiger Lebemann, und das Leben vor dem Mann bedeutete: eine Geliebte, von der alle wussten, das geschickte Aufreißen künftiger Autoren, Skatspielen und Saufen in fröhlicher Runde, in der auch Kaderprobleme besprochen werden konnten.

Der Eine gehörte zu einer Sicherheitsorganisation der Kommunistischen Partei Anfang der dreißiger Jahre, einer Art politischer Polizei, und fiel den Nazis relativ früh in die brutalen Hände, das brachte ihm mehr als zehn Jahre Zuchthaus. Als Büromensch – nein: als Bürowesen waren ihm ungespitzte Bleistifte, nicht auf Kante liegende Papiere unerträglich, die verquer gestapelten Ordner und Manuskripte bei den Lektoren ließen sein Gesicht rot anlaufen, es war ihm der Ekel über jede geringste Unregelmäßigkeit anzusehen, und deshalb stand er auch wie die leibhaftige Karikatur eines Altfabrikanten vor sieben Uhr früh mit der Taschenuhr in der Hand neben dem Verlagseingang, um die Pünktlichkeit seiner Mitarbeiter zu prüfen – etwas mehr Anti-Kreatives ist, meine ich, nicht denkbar. Während der Andere seine Lektoren, zu denen auch Egon Günther, Elke Erb und Heinz Czechowski zeitweilig gehörten, mitunter tagelang und heftig ihre Debatten, vom Menschenbild bis zu den widersprüchlichen Zeitläuften, führen ließ – die Manuskripte mussten sie dann halt nachts lesen. Er, der eigentlich wenig von Literatur verstand, hatte aber einen Riecher dafür, bei wem aus einem Frischling ein richtiger Schriftsteller, möglichst natürlich Erfolgs-Autor, werden könnte. Und wenn ein Problem nicht anders zu lösen war, musste eine Radikalkur helfen; zum Beispiel wurde dringend für den KZ-Roman von Bruno Apitz ein Titel gesucht (in Aussicht stand die Buchmesse), und deshalb stellte er einige Flaschen Hochprozentigen auf den Tisch, schloss die entsprechenden Lektoren und Werbefachleute und Verkaufsexperten in ein Zimmer ein und ließ sie erst um Mitternacht mit mehreren Dutzend Vorschlägen wieder heraus: So entstand der Titel *Nackt unter Wölfen*, den der Verfasser anfangs gar nicht mochte und der gewiss zur Hälfte zur Weltgeltung des Textes beitrug.

Sachs wurde dann, ziemlich überraschend, wegen eines veröffentlichten Romans von Christa Wolf und eines unveröffentlichten Romans von Erik Neutsch abgesetzt und vegetierte auf einem großzügig bezahlten Nebengeleis und war trotzdem ein fleißiger und intriganter Berichterstatter für die Firma Guck & Horch, wer hätte das bei der Erniedrigung gedacht, und verschluckte sich später im Suff zu Tode.

DIE ZWEIER-KOMBINATION 3

Was macht man, wenn für ein neues, eigentlich fertiges Buch, aus politischen Gründen für die behördliche Seite heikle Gespräche mit dem geschätzten Autor anstehen? Man tut sich zusammen, und wenn die prinzipiellen Ansichten und Haltungen und die Art des Vorgehens zum Erreichen der gewünschten Änderungen im Manuskript sehr ähnlich sind – umso besser. Und so fanden (sich) nicht selten, in einer Reihe bedeutsamer Fälle der Stellvertretende Kulturminister, auch Buchminister genannt, Klaus Höpcke und der Leiter des Mitteldeutschen Verlages, Eberhard Günther, zu einer trauten Einheit, zu einem gemeinsamen Auftritt, bei dem, wie in Hollywood-Filmen gern durchgezogen, der Eine den *bad boy* und der Andere den *good guy* spielt, die Rollen können auch gewechselt werden, das ist alles vorher abgesprochen (oder es wirkt dergleichen): so haben es mir Loest, de Bruyn und Volker Braun zu unterschiedlichen Zeiten erzählt. Der Eine hatte die verschärften Forderungen anzumelden, hat gar keinen anderen Ausweg als Zustimmung in den Raum zu setzen, die Notwendigkeiten wegen der derzeitigen Lage der Welt und der Partei zu betonen, wegen der internationalen Spannungen, wegen der Bonner Ultras, wegen der sowjetischen Freunde usw., und der Andere hat dann sensibel einzulenken, Verständnis zu zeigen, Anerkennung der aufwendigen Arbeit, der besonderen Kunst-Qualität, aber trotzdem. (Was bleibt uns denn übrig.) Und dann erneut die deutliche Scharfmacherei, und dann erneut das Schulterklopfen.

Erstaunlich ist nur, dass der Verlagsleiter in seinen Memoiren häufig sehr gut wegkommt und der Minister die Rolle des eher Bösen einnimmt. Vielleicht war es so.

STURHEITEN I

Oftmals hat der Blick auf eine Situation offenbar nicht nur mit der Perspektive auf etwas zu tun, sondern die Perspektive entschieden mehr mit dem eigenen verfestigten (versteinten) Standpunkt. Egal, was passiert: das Urteil ist programmiert.

Zu einer Zeit, da man hoffte, Liedermacher Biermann auf die hiesige Seite ziehen zu können (um endlich diesen misslichen Ärger aus der Welt zu schaffen, um dieses unangenehme Vorgeführtwerden in den westlichen Medien zu vermeiden) durch ein, wie es hieß, doch großzügiges Angebot, lehnte es dieser Kerl ab, auf den Druck von zwei Gedichten seiner über sechzig Texte zu verzichten. Also alles oder nichts.

Stellen Sie sich einmal vor, rief der Mitarbeiter des Kulturministeriums wütend, es ging nur um zwei Gedichte, um zwei, und er versucht, uns zu erpressen und lässt den ganzen mühsamen Kompromiss platzen, dieser Arrogante, dieser Unverschämte. Was bildet der sich denn ein?

Und der Mitarbeiter war lange nicht zu beruhigen.

STURHEITEN 2

Der Leiter des Mitteldeutschen Verlages, Eberhard Günther, hatte an Volker Braun einen, wie man so sagt, Narren gefressen: er hielt alle Texte von ihm für parteilich und notwendig, und wegen dieser notwendigen Parteilichkeit und dieser parteilichen Notwendigkeit wagte er, der mitunter auch eher engstirnig sein konnte, ein sozialistischer Preuße, eine ganze Menge, das heißt: er ging, manchmal, ungern, bis an die Grenze seiner Ablösung. Nach einer solchen Situation traf ihn einer seiner Vorgänger, der lächelnd sagte: Ich hörte, das Damoklesschwert über dir hing nur noch am seidenen Faden, und der Verleger sagte: Ja. Aber er hat gehalten.

FORTSETZUNG FOLGT?

Eberhard Günter, viele Jahre Leiter des Mitteldeutschen Verlages in Halle, schrieb nach der Wende seinen Memoirenband *Mehr als ein Verleger*. Spottdrosseln, sagte K., vermuteten, dass mit dem *mehr* seine Tätigkeit für die *Firma* gemeint sein könnte (inwieweit er wirklich Aufträge übernahm, über seine übliche Direktorenverpflichtung hinaus, ist exakt schwer zu bestimmen bzw. inwieweit er etwas übernahm, um etwas zu verdecken: bestenfalls). Jeden Falls wusste er viele Szenen lebendig zu erinnern und zu beschreiben, eine Reihe Erhellendes wird vorgeführt, und es wird auch deutlich, wie sehr einer, bei prinzipiell treuer Gefolgschaft, unter den seltsamsten Anordnungen und Befehlen zu leiden hatte. Des Öfteren fällt freilich auf, dass bei diversen Verleger-Treffen und unliebsamen Beschlüssen oder dringlichen Hinweisen höherer Stellen stets die Anderen die Simpleren sind, der Dogmatischeren, die Verhinderer, und er der Kämpfer.

Immerhin, noch einmal betont, atmet das Buch in vielen verschlungenen, erstaunlichen Situationsschilderungen eine gegenwärtige Frische, und das ist doch eine ganze Menge. Nur einen wirklichen Mangel hat das Kompendium, sagte K.: es fehlt der zweite Teil. Nachdem er als Opfer seine ausführliche Darstellungszeit, seinen Raum hatte – wo ist die andere Hälfte: er als Täter?

DIE ZWEIER-KOMBINATION 4

Als der Schreiber und Lektor seinem Verlagsleiter nach der Wende erzählte, dass seine Beobachteten-Akte unter dem edlen Stichwort *Federkiel* eintausendfünfhundert Seiten hätte, war der sehr erstaunt, denn so ein wichtiger Autor und Mensch wäre J. ja nun wirklich nicht gewesen.
Das stimmte. Aber immerhin doch so wichtig, dass sich auch der Verlagsleiter mit der einen oder anderen Meldung beteiligte und den Umfang des Machwerks verstärkte.

VON DER GROSSEN ERLEICHTERUNG

Max Walter Schulz, ein Autor, der sich viele Gedanken um das Verhältnis von Schriftstellern und Gesellschaft und die Macht und die entsprechenden Rollenspiele machte, wurde zum Direktor des Literaturinstituts ernannt, einer Förderanstalt und Kaderschmiede für Dichter – er hatte die Linie der Partei großzügig, doch strikt durchzusetzen und dabei allen intellektuellen Anschein zu wahren und doch den übermütigen, versotteten Bohemiens Einhalt zu gebieten, wiederum so, dass es eher großzügig denn strikt wirkte.

Des Öfteren musste er deshalb zum Rapport nach Berlin; und so, wie er veranlagt war, rechnete er immer mit dem Schlimmsten. Und dementsprechend seine Gemütslage, so sein Fahrer, auf dem Hinweg: das Gesicht düster, der Verstand noch düsterer, die Kargheit seiner Worte am düstersten. War aber eine Kopfwäsche vermieden, jegliches Donnerwetter, war der Kelch an ihm vorüber gegangen, die Genossen in Berlin mit ihm zufrieden, hatten gar Verständnis für seine schwierige (Mittler-)Rolle gezeigt, war er auf der Rückfahrt nicht mehr zu halten. Er sang laut im Auto alle Marsch- und Trinklieder, die er kannte, die inzwischen auch sein Fahrer längst kannte, er riss Witze, er parodierte seine Gesprächspartner in der Hauptstadt, er landete gar bei Details unterhalb der Gürtellinie, sein Überschwang ließ sich, selbst wenn sie schon angekommen waren, kaum bremsen. Er ist halt ein Temperament, sagte sein Fahrer.

ÜBER KREUZ

Im Dezember 78 besuchte Autor Wolfgang Hilbig einen Lektor in Halle, von dem er, zu dessen Enttäuschung, für einen ersten Gedichtband nichts als eine Ablehnung wünschte, weil er schon einen nicht legalen Vertrag mit dem S. Fischer-Verlag in Frankfurt am Main hatte. Nach einigen Stunden formulierten sie beide das negative Gutachten.

Der Lektor wusste nicht, dass Hilbig einige Zeit zuvor für Monate im Gefängnis gesessen hatte, der Autor wusste nicht, dass der Lektor wegen eines Protestes gegen die Ausbürgerung Biermanns vor der Entlassung gestanden hatte und seitdem von allen wichtigen Entscheidungen ausgeschlossen wurde: So redeten sie und redeten, aber nicht wie einander Verbundene, eher aneinander vorbei.

Als sie später wieder zusammentrafen und inzwischen durch andere übereinander aufgeklärt waren, amüsierten sie sich über sich.

VOM WANDEL

Kurz vor dem endgültigen Auftrittsverbot Wolf Biermanns, also 1964, kam, höchst ungewöhnlich, die Gewerkschaftsleitung der Universität Rostock auf die Idee, den Liedermacher zu einem Abend in der Großen Aula einzuladen. Autoren sollten den Kontakt herstellen. Zu diesem Ereignis reiste, wie auch immer informiert, der Stellvertretende Chefredakteur der (Studenten-)Zeitschrift *Forum*, Rudolf Bahro, an und moserte gegen den Sänger, offenbar eine bestellte Angelegenheit. Das einzig Mutige an diesem Vorgehen, an dieser seltsamen Schaustellung Bahros, war, sich gegen das gesamte Publikum aufzurichten, in rhetorisch eindrücklichen Sätzen, so wie er wenige Jahre später in rhetorisch eindrücklichen Sätzen das Gegenteil von einst zur Debatte brachte, gegen die gesamte Regierung, und dafür ins Gefängnis ging.

ZUR VERWUNDERUNG DES HÖCHSTEN

Der Autor F. hatte, wie auch immer, zweihundert West-Mark zusammengetauscht und sonst wie -gekratzt und bat seine reisenkönnende Rentnermutter, beim nächsten Besuch des Ku-Damms auch mal zum Reuter-Platz abzuzweigen, zu Kieperts Taschenbuch-Imperium, und ihm diverse Bücher mitzubringen (Bakunin Fromm Biermann Solschenizyns *Gulag*), sie wird gewiss nicht kontrolliert. Sie übernahm wie selbstverständlich diese Aufgabe für ihr geliebtes Söhnchen, doch als sie mit dem schweren und teuren Gepäck am Bahnhof Zoo stand, fiel die Angst über sie her und sie, die seit zwanzig Jahren mit der Kirche nichts mehr zu tun haben wollte, flehte zu Gott, er solle verhindern, dass diese Zoll-Schweine die illegale Fracht entdecken, sie würde, käme sie heil durch, am nächsten Sonntag, versprochen, zu einem Dankgottesdienst gehen.

Sie kam heil durch, und sie ging tatsächlich für Bakunin Fromm Biermann Solschenizyn und das *Handbuch des Stadtguerilla* (aus einem Antiquariat) zur Kirche, und kniete.

VOM SURREALEN

Der Verlagslektor J. sollte des Arbeiterschriftstellers Grünberg Reportagen über Reisen in und durch die Sowjetunion, in verschiedenen Jahrzehnten verfasst, überarbeiten; der deutliche Wunsch (die Aufforderung) des Kulturministeriums war, von den drei Beschreibungen eher flüchtiger Begegnungen mit Stalin eine zu streichen – aus welchen Gründen auch immer. Nach einigen Gesprächen mit dem Autor kamen beide auf das unwichtigste Auftreten des heroischen (Ver-)Führers: Im Original hieß es, dass an jenem ersten Mai Hunderttausende auf dem Roten Platz versammelt waren – und als die Uhr des Spasski-Turms zehnmal schlug, erschien Stalin auf der Kreml-Tribüne, worauf sich ein unbeschreiblicher Jubel erhob. In der neuen Fassung des Vorgangs war immer noch erster Mai, es standen Hunderttausende auf dem Roten Platz, und nun schlug die Uhr des Spasski-Turms zehnmal, und es erhob sich ein unbeschreiblicher Jubel.
So war der Zensur Genüge getan.

DAS KURIOSUM

Der Verlagslektor für Lyrik, ein Anhänger des Minimalismus, wo er möglich ist, erzählte einmal von der eingeschränktesten Gegenwehr zur Obrigkeit. Peter Gosse hatte eine kritische Eloge zum *Lob der Faulheit* geschrieben, damit ironisch ein Werk Lafargues, Marxens Schwiegersohn, über eine Verweigerungs-Haltung von Leuten im Kapitalismus anspielend. In einer Zeile riefen Soldaten ein Jubel-Urrräh aus, das sie als Rotarmisten erkennen ließ – und da die Cheflektorin Ärger mit der sowjetischen Botschaft zu vermeiden dachte, musste ein preußisch-deutsches Hurra aushelfen.

Doch Dichter und Lektor wussten, es gibt noch eine Möglichkeit der Korrektur, man durfte sie nur nicht verschlafen. Wenn der Umbruch zur letzten Durchsicht aus der Druckerei kommt, kann man zwei Pünktchen aufs *a* setzen und es zeugt ein deutsch-sowjetisches Hurrräh.

Diese zwei Pünktchen, sagte der Lektor, melde ich fürs Guinness-Buch der Rekorde an als die kleinste Anti-Zensurmaßnahme, als den geringsten sichtbaren Widerstand, den es je gab.

DIE ZAHL 99

hat ohne Zweifel etwas Besonderes: sie ist die letzte Ziffer vor der gewaltigen Einhundert, der Zäsur, dem Abschnittsabschluss, der Grenzlinie (Borderline), der Eröffnung einer neuen Qualität, einer anders dimensionierten Größe – sie duckt sich weg, sucht sich kleinzumachen vor den Posaunen, vor Glanz und Gloria, der königlichen oder präsidialen Erhabenheit, der Eins mit den zwei wachhabenden Nullen, den Fanfaren für die Tagesschau.
Diese 99 kam, so hörte ich's einmal, zu zweifelhaften Ehren in der Zeit Metternichs, des habsburgischen Bestimmers, der sich, wie sein (übrigens hochgebildeter) Zensor, in einschränkenden Maßnahmen auskannte. Um die aufmüpfigen Theater wie die Brettl-Buden zu bändigen, gestattete er, gerade in Wien und Umgebung, vielen Drama-Häusern nur 99 Sitzplätze, so die Begeisterungsstürme für politische Provokationen eher privat haltend, auf kleiner Flamme – mit der scheinheiligen Begründung des Feuerschutzes.
Diese Zahl der Obergrenze von etwas schlängelte sich durch alle Systeme bis in die DDR. Allerdings: musste ansonsten der geringste Text der Zensur vorgelegt werden, war eine Auflage von 99 Exemplaren erlaubt, wurden die Worte (*die Gedanken sind frei*) in eine Grafik hineingenommen. So entstand die von Kerstin Hensel und Karl-Georg Hirsch herausgegebene Reihe COR'ART 'ORIUM.

DURCHGEFALLEN I

Der Schriftsteller J. war von einem Literatur-Komitee und der Propaganda-Abteilung des U.S.-Außenministeriums (ICA, nicht CIA) zu einem mehrmonatigen Aufenthalt eingeladen worden und länger geblieben, galt als überfällig und hatte hernach ein Buch über seine Eindrücke geschrieben. Als ihm einige später gesandte Dokumente und Dokumentationen beschlagnahmt wurden, lud ihn, nach Interventionen, der Zoll in Leipzig zu einem Gespräch und Rückgabe des Observierten. Im Laufe der Begegnung kam Oberst Wöllner auf die Idee, dass er vor den Offizieren der Durchsichtsbehörde eine Lesung mache und ein wenig Aufklärung leiste. Dieses Amerika-Buch allerdings, das ist hier anzumerken, ist in vielen Teilen leicht ironisch getönt, es bejubelt nicht den American Way of Life und das ständig rotierende Mittelstands-Hamsterrad mit der Bezahlung von Haus, Autos, dem Studium der Kinder etc., dem (weltweit begehrten) Standard, nicht den Egozentrismus, die politische Naivität, die Gläubigkeit in vielerlei Hinsicht, den latenten Rassismus, das seltsame Verhalten zu üblichen sozialen Leistungen und die Abstinenz eines Denkens über sich hinaus, zum Beispiel von Utopien.

Also bei aller Lebendigkeit der Schilderung mancher Szenen und Ereignisse gefällt ihnen die Ironie überhaupt nicht, sagten die Offiziere. Denn wenn es auch der Gegner ist, der Klassenfeind, so ist es doch eine Weltmacht, eine große Wirtschaftskraft, ein Land mit vielen Leistungen, und da am allgemeinen Bewusstsein herumzukritisieren, an verschiedenen Eigenheiten, ja Idiotien, nein, das passt ihnen nicht.

Er war ihnen nicht positiv genug.

DIE UNERHÖRTE BEGEBENHEIT

Als Uwe Saeger, noch nicht vierzigjährig, 1987 im österreichischen Klagenfurt den hochdotierten Ingeborg-Bachmann-Preis bekam, fuhr er mit dem gesamten Bargeld in der Tasche in die Uckermark zurück. Bei der Einreise ins Heimatland fragte ein Grenzer die Leute im Eisenbahnabteil, ob jemand westliche Druckerzeugnisse bei sich habe.

Keiner.

Und Westgeld?

Ja, ich, sagte Saeger.

Wie viel?

20.000.

Der Zöllner-Polizist stutzte. Dann hob er den pädagogischen Zeigefinger und sagte: Keine Scherze mit DDR-Behörden.

Und ging indigniert weiter.

DIE VERGESSENE

Einerseits der eminente Kenner der Literatur des 16. und 17. Jahrhunderts und rhetorische Langweiler, Kühn, und die mitreißende Klassik-Expertin Edith Braemer, die sich über Goethes *Prometheus-Ode* habilitierte. Natürlich ist es ein Phänomen, dass sich Anfang der sechziger Jahre am Rostocker Germanistischen Institut ein ehemaliger Mitarbeiter des nazistischen Außenministeriums, der, ähnlich wie der spätere Kanzler Kiesinger, für das Erfassen von (auch jüdischen) Kunstschätzen im eroberten Ost-Europa zuständig war, und eine Jüdin und Kommunistin, die ein Jahr in einem KZ zubringen musste und dann in die Emigration nach Shanghai floh, als die leitenden Personen etabliert hatten.

Es war eine tragische Liebesgeschichte, die ihr Leben zermürbte. In Shanghai lernte sie, die Putzfrau, einen ihr helfenden deutschen Arbeiter kennen, sie heirateten wohl mehr aus (gegenseitiger) Dankbarkeit denn aus amourösem Drang. Als J. in der Küstenstadt zu studieren begann, galt das Paar (Professorin & Proletarier) als eine bestaunenswerte Sonderlichkeit. Nun aber, weit über die fünfzig, verliebte sich, und vielleicht zum ersten Mal wirklich, Edith B. unglücklich in einen Schein-Schriftsteller. Der Skribent, entstammend einer antifaschistischen Widerstands-Familie, war eigentlich Oberst der militärischen Abwehr, doch kam er auf die Idee, den Feind zu täuschen und Radaranlagen eines Armee-Gebäudes von überm Dach unter dasselbe setzen zu lassen, wodurch aber die nördliche Flanke der DDR eine Woche lang dem Gegner offenstand – das führte zu unehrenhafter fristloser Entlassung. Daraufhin kam der Vorruheständler zu der misslichen Ansicht, künftig Romane zu schreiben (eines dieser schauderhaften Produkte wurde auch veröffentlicht). Ausgerechnet in diesen Blindgänger verknallte sich die ältliche Johann-Wolfgang-Spezialistin, und nach einigen Monaten Liaison kehrte der Militär-Prosaist in den Hafen der Familie reumütig zurück, worauf Edith B. als Konsequenz nur den Suizid sah. Als J. die Gerettete im Krankenhaus besuchte, klagte sie sich als unwürdiges Vorbild an – mit den stereotypen Vokabeln, die ihr ihre Partei eingeredet und die sie einst wohl selbst gepredigt hatte. Nach ihrer Gesundung wurde sie nach Sachsen strafversetzt, dort blieb sie, die gebrochene Frau, den Studenten fremd und starb bald darauf.

Sie hat ihr Grab in der Ehrenabteilung für antifaschistische Widerstandskämpfer des Leipziger Südfriedhofs.

EINGEHOLT

Im Frühherbst 88 trafen sich der einstige jüdische Emigrant, Kommunist und Schriftsteller Jan Koplowitz und sein Verlagslektor, um aus seinem Lebenswerk einige amüsante und zeitcharakteristische Geschichten für ein neues Buch, verbunden mit bisher ungedruckten Texten, zusammenzustellen; eine kürzere Erzählung, von 1947, beschrieb die Situation eines Melkers, der da einige Kühe besonders hegte und pflegte und der, daraufhin befragt, erklärte, es handle sich hier um das Rindvieh des entschwundenen Herrn Grafen, und wenn der Herr Graf eines Tages wiederkommt, dann sieht er gleich, dass sein Knecht Johann inzwischen gut für das Eigentum des Blaublütigen gesorgt hat, und dann bekommt er dafür ein dickes Lob. Ja, so ist das.

Da lachten Autor und Lektor beim Vorlesen des Geschehens und nahmen die Blätter mit in die Sammlung, nicht ahnend, dass zwei Jahre darauf, also ein wenig verspätet, die Voraussetzungen für den geschilderten Vorfall Wirklichkeit werden sollten. Und sie nun etwas schmallippiger lachen würden.

DER ERFOLG / DIE FOLGE

Jan Koplowitz hatte in seiner englischen Emigration (während des Hitler-Reichs) einen Sohn gezeugt, der ihn später des Öfteren in Berlin besuchte. Eines Tages hörte der Vater, dass der inzwischen erwachsene Sohn im Drogengeschäft ge- bzw. verlandet war und dass ihn ein Gericht in Ankara zu zwölf Jahren Zuchthaus verurteilt hatte. Zwölf Jahre und Zuchthaus und Türkei: das bedeutete, beinahe, ein Todesurteil, und K. sagte, dass er sich auch mit dem Teufel eingelassen hätte, sein Kind da herauszuholen. Also suchte und fand er einen Draht zur Familie Honecker und deren diplomatischen Möglichkeiten, dafür sollte er nun seine Möglichkeiten auf anderen (interessanten) Drähten nutzen, Informationen zu beschaffen.
Der Sohn kam sehr vorfristig frei. Beide waren, natürlich, höchst glücklich. Als aber, Monate nach der Wende, der Sohn von der Tätigkeit des Vaters erfuhr, war er fassungslos und distanzierte sich öffentlich von ihm. Koplowitz sah, während der Debatte mit ihm im Fernsehen, ausreichend hilflos aus.

BINDUNGEN

Als M. eine Anthologie zusammenstellte übers Reisen in den quasi-sozialistischen, den RGW-Ländern (dem *Ost-Block*), da schickte ihm Koplowitz einen Beitrag über Mönche in der Mongolei, der ziemlich diffamierend, wie es dem Herausgeber schien, und staatskonform über das Religiöse und die ihm anhängenden Menschen sprach. M. lehnte den Artikel also ab, worauf Koplowitz öffentlich von Zensur redete und zu allen möglichen Parteistellen rannte, um sich zu beschweren.
Als M. den Jan (der stolz gewesen war, zu der Titanic-Veranstaltung am „letzten“ 7. Oktober im Palast der Republik eingeladen worden zu sein) einige Monate nach der Wende in Berlins Weißensee traf, sagte der seinem Lektor, dass er, enttäuscht von den Machenschaften der SED, nun regelmäßig zur jüdischen Gemeinde ginge. – Ausgerechnet du? – Na ja, sagte er etwas verlegen, irgendwozu muss man doch gehören.

EIN GESCHICHTSUNTERRICHT

Mitte der fünfziger Jahre wurde die (gewiss stalinistische und abhängige) Kommunistische Partei in der Bundesrepublik verboten, und für den noch jungen Genossen Harry Kampling und seine Frau begann eine schwierige Zeit. Da sich beide mit den Gegebenheiten nicht abfinden wollten, versuchten sie, ein neues Netz aufzubauen, nunmehr illegal verschiedenste Diskussionsrunden zu organisieren und Demonstrationen vorzubereiten; sie klebten Flugblätter und wurden erwischt, und ihre Tätigkeiten wurden ausführlich vor Gericht beleuchtet. Zu dem Prozess reiste als ihr Verteidiger der einzige im westlichen Deutschland zugelassene (jüdische) DDR-Staranwalt Karl Friedrich Kaul an, aber auch er konnte nicht verhindern, dass die Kamplings jeweils ein Jahr Gefängnis bekamen. Nach der Haftentlassung wurden sie als Helden von Gleichgesinnten durchs ganze Ruhrgebiet gereicht, jeder wollte sie beherbergen, sie spürten die herzliche Solidarität. Und natürlich, nach kurzem Verschnaufen, machten sie weiter, und als erneut der Knast in Aussicht stand, sahen sie keinen Sinn darin, wieder hinter Gittern zu vegetieren, und sie setzten sich ins östliche Deutschland ab, noch dazu die Frau schwanger war. Hier aber zeigte man sich wenig erfreut, dass die Kämpfer für Frieden und Sozialismus den Streitplatz einfach aufgegeben hatten, noch dazu ohne Parteiauftrag, aber, nun ja: Willkommen. Sie dachten: Willkommen im Paradies, und waren ganz erstaunt, dass viele Leute, ja die meisten, wie sie demnächst zu begreifen hatten, das Leben hier ganz anders betrachteten: als wenig rosig, den Staat als einen der Bevormundung und Zwänge. So hatten sie sich das drüben nicht gedacht. Und die Frau, die bald das zweite Kind bekam, sah sich ans private Dasein gefesselt und isoliert, und er machte als Bergarbeiter die Erfahrung, dass man sich beim Frühstück nicht neben ihn setzen wollte, einen solchen, der zu blöd war, umgekehrt zu türmen, als wie in den Osten.

Nach anderthalb Jahrzehnten wurde ihr Vater im Ruhrgebiet schwer krank, und sie hatte den dringenden Wunsch, ihn zu besuchen. Doch die Reise wurde abgelehnt. Sie war zuerst fassungslos, dann wütend, dann schrie sie etwas von einem Scheißstaat und wurde ernstlich verwarnt. Der Vater starb kurze Zeit darauf, und wieder ging sie zur Behörde, und wieder wurde eine Reise abgelehnt, diesmal stand die Polizei schon hinter der Tür, und als sie erneut tobte, wurde sie auf der Stelle festgenommen. Die entsprechenden Paragraphen kann man sich denken, und Harry entschloss sich, nach Berlin zu fahren und den inzwischen international renommierten Anwalt Karl Friedrich Kaul um Hilfe zu bitten. Kaul sagte auch gleich zu und verunsicherte im Prozess die Eisleber Justiz, doch selbst er vermochte nicht, ein dreiviertel Jahr Gefängnis wegen antisozialistischer Hetze, Staatsverleumdung, Beleidigung der volksdemokratischen Ämter, Landfriedensbruch usw. zu verhindern.

Nach der Haft stellte sie einen Ausreiseantrag, nach einiger Zeit auch die beiden Söhne, einer wurde, zu Harrys großem Schmerz, Polizist; er blieb, als ein ziemlich ernüchterter, ziemlich deprimierter Parteisekretär im VEB Lampen- und Leuchtenbau dem Land erhalten. Dann entdeckte er das Schreiben (und glaubte auch, genug dafür erlebt zu haben), besuchte drei Jahre lang das Leipziger Literaturinstitut, veröffentlichte zwei Bücher und trat, wie ein altes Rennpferd, das nicht mehr aus der Spur kommt (seine Worte), nach der Wende für die PDS als Landtagsabgeordneter an; sein größtes Erlebnis in dieser Zeit war, dass man, wenn

man nach drei Monaten die ersten Abgeordneten-Diäten mit einem Mal überwiesen bekommt, so viel auf dem Konto hat, als hätte man dafür ein Leben lang gearbeitet.
Er starb dann sehr plötzlich.
Ein Journalist hatte mit ihm vor und nach der Wende eine Reihe von Interviews über dieses Dasein gemacht und mit den Briefen der Frau aus dem Gefängnis zu einem Rohmanuskript verschnürt, und da er bekannt war mit dem Leiter des hiesigen List-Verlages (der sich in Übernahmeverhandlungen mit dem westlichen List-Verlag, vornehm: Fusion, befand), gab er ihm die Papiere, und Roland Links war sehr interessiert; und schickte das Bündel dem großen Bruder in München, so waren inzwischen die Vereinbarungen. Und der große Bruder fand das Ganze ebenfalls sehr interessant, jedenfalls den DDR-Teil, während diese alte Kommunisten-Geschichte doch schon ziemlich verstaubt ist, das lassen wir lieber weg. – Aber dann, sagte der hiesige Verlagsleiter aufgeregt am Telefon, geht ja der große Witz mit dem doppelten Auftreten Kauls, diesem so ungeheuerlichen deutschen Drama, völlig verloren. – Das stimmt, sagte der westdeutsche Verleger knapp, aber wir wollen trotzdem nicht.
Und so wurde das Buch nicht gedruckt.

DAS PHÄNOMEN

Im Nachwende-August fuhren Schriftstellerwitwe S. und der Dezernent J. nach Berlin – sie zum Archiv für Staatssicherheits-Unterlagen als erwartete Privilegierte, er zu Gesprächen auf der Suche nach einem geeigneten Theaterintendanten. Unterwegs plauderten sie, wie immer in derartigen Situationen, über den berühmten Autor, der einst sein literarischer Ziehvater war, als er noch träumte, Verfasser halbfiktionaler, dicker Sachbuchschmöker zu werden, sich dann aber in der Wissenschaft verhedderte und nun in der Politik gelandet war, und sie erzählte von seinen mehreren einstigen Gattinnen, die sich gern zum Kaffee bei ihm einluden und die sie dann aufwendig zu bedienen hatte – widerlich, glauben Sie mir.

Der berühmte Schriftsteller war höchst gebildet gewesen, er setzte voraus, dass man Proust und Joyce und Virginia Woolf kennt, und das in den sechziger Jahren, ein hierzulande ungewöhnlicher Fakt. Er, der einstige antifaschistische Widerstandskämpfer, hatte, als im Westen ein Roman über die schlesischen Kriegswirren antikommunistisch verfälscht wurde und der Prozess ihm zusetzte, sich gesagt, dass er im östlichen Deutschland besser, jedenfalls leichter existieren könnte; er wurde hier als Held gefeiert und großzügig unterstützt, wurde zum Mitglied des Internationalen Friedensrates ernannt und reiste als deren Botschafter in viele Länder, er wurde mit ungewöhnlich hohen Auflagen für seine Bücher und diversen Literaturpreisen bedacht, seine Eloquenz unterschied ihn deutlich und angenehm von allen Funktionären.

J. wurde während seines Germanistikstudiums einmal nachdenklich: Er fand zufällig in den Karteikarten der Deutschen Bücherei, dass von seinem verehrten Widerstandskämpfer in den Jahren des Zweiten Weltkriegs eine Reihe von Romanen und Novellen als Feldpost-Ausgaben erschienen. Wie passte das zusammen mit der Lexikon-Notiz, dass er zu Beginn des Nazireichs einer illegalen Gruppe angehörte und dann zu drei Jahren Zuchthaus verurteilt wurde. Sollte so einer Wehrmachts-Autor werden können? Die Zweifel wurden ihm zerredet, und er fragte beim Ziehvater nicht nach.
Entsann sich aber, wie der ihn sich vor Jahren unmutig zur Brust nahm, als ihm deutlich geworden war, dass sein Sohn und er und ein Dritter, ehemaliges FDJ-Kreisleitungsmitglied, dabei waren, eine den Sozialismus verbessern wollende, den wahren Marx propagierende Gruppe zu bilden, ein illegales Nest mit ersten Westkontakten – seid ihr denn wahnsinnig, seht ihr nicht, dass euch eine Verhaftung droht? Und was versteht ihr von Marx?! Derartige Opfer sind völlig sinnlos, fauchte er, und er fauchte, dass auch die Opfer des Faschismus sinnlos waren, sie haben nichts bewirkt, es sind die Besten vernichtet worden, die Naivsten. – Da stand dem Abiturienten J. der Mund offen.
Später merkte er, dass ihn sein raffinierter Ziehvater als Manövriermasse bei verschiedenen Auseinandersetzungen benutzte – und zog sich zurück. Und als sie schon zehn Jahre so gut wie auseinander waren, sprach der einstige Förderer öffentlich davon, dass sein Schüler, dieser hochbegabte Mensch, in diesem Lande ein Anpasser geworden wäre, und J. fragte sich, woher der Ältere, der Alte das wissen wolle, er kenne ihn doch gar nicht mehr (noch dazu der Protest gegen die Biermann-Ausbürgerung ihn beinahe die Berufsausübung kostete). Und er musste begrei-

fen, dass S. ihm auch die geringsten Erfolge nicht gönnte, dass er ihn als Konkurrenten sah, dass der unbestrittene Quotenkönig gegen ihn beim Verlag intervenierte.

So sind wir, dachte J., auf dem Niveau des Hahnenkampfs gelandet.

Sie hatten sich für den Nachmittag verabredet, sie wollten noch Eis essen gehen, und er sah die Witwe, etwas verspätet, aus dem Archiv kommen. Sie stieg ins Auto und schwieg, und er sah, dass sie kreidebleich war. Und sie schwieg die ganze lange Fahrt, und als sie ausgestiegen war, winkte sie kurz.

Erst eine Woche danach erklärte sie ihm, dass das Furchtbare nicht die vollständig erhaltenen Prozess-Akten sind, aus denen deutlich wird, dass er, um sein Leben zu retten, die anderen der Gruppe verraten hat, und auch nicht die Frage, ob sie ihm je das Ganze vorgelegt, ob sie ihn erpresst haben. Und es interessiere sie nur bedingt, sagte sie, was er all die Jahre dachte, ob er sich belog, verdrängte. Das wirklich Furchtbare für sie sei, dass ihr das eigene Leben so verlogen vorkomme, so ohne Wert, ohne Sinn alles, ohne jede Wahrheit. Ich habe dreißig Jahre seine Manuskripte abgetippt, und es scheint mir jetzt jedes Wort nur Täuschung, eine Farce. Ich weiß nicht, wie man damit noch leben soll. Die Welt ist wie ein Haufen Nichts.

DURCHGEFALLEN 2

Gleich nach der Wende kam in die einstige Junkers-Hauptstadt Dessau der Enkel des Flugzeugbauers, um für ein Münchener Konsortium ein Gewerbegebiet zu kaufen und einzurichten. Als es eine Schwierigkeit zwischen Stadt und Finanziers gab, sollte es zwischen dem neuen Oberbürgermeister und Junkers juniorst in einer längeren Theaterpause zu einer kleinen Absprache kommen; in dieser Zeit hatte sich, so die Verabredung, der jüngst installierte Kulturdezernent um die Junkers-Gattin charmierend zu kümmern. Irgendwann kamen die beiden darauf, wie es denn früher (noch vor einem Jahr) mit dem Buchverkehr zwischen den deutschen Staaten war und wie man am hiesigen Zoll vorbei Schriften nicht nur von Solschenizyn, sondern auch von Marcuse, Horkheimer, Adorno, Bloch oder den Anarchisten in den Osten zu schleusen versuchte.

Die Junkers-Gattin fiel dem schwärmenden Vortragenden ins Wort, sie fragte: War dieser Bloch nicht Marxist?

Ja und?, fragte der Kulturdezernent und dachte daran, wie sehr Bloch noch immer in Leipzig verehrt wird, was für ein Mythos sein Assistenten- und Freundeskreis wurde, ebenso die Vorlesungen wie die des berühmten Literaturprofessors Hans Mayer.

So etwas mögen wir nicht, sagte die Gattin und machte unmissverständlich klar, aus welchem Stall sie kommt.

(Bernd Junkers sagte Wochen später, als er davon hörte: Ja, seine Frau könne manchmal so sein.)

II: ERSTENS, ZWEITENS

Erstens: Der Sozialismus ist dem Kapitalismus stets einen Schritt voraus.
Zweitens: Der Kapitalismus steht ständig am Abgrund.

DICHTUNG

Es ist immer schön, wenn man weiß, dass an einem Ort äußerster Nüchternheit, extremer amusischer Atmosphäre, in einer Behörde also ein Poet am Werke ist. Während in Meißen ein schlichter Sachbearbeiter nach dem Ende des Krieges auf die noch gültigen Hitlerkopf-Briefmarken ein schlichtes zutreffendes *Deutschlands Verderber* stempelte, um so, wie er sagte, einer verachtenden Feststellung Ausdruck zu verleihen, saß in Mühlberg ein wirklicher Lyriker am kreativen Büroschreibtisch, einer, der seinen Schiller im Ohr hatte und nicht ein dumpfer Postbeamter der speichelleckenden Gummierungs-Sorte war. *Blut und Tränen / seine Saat. / sein Wirken war / nur Missetat*: so reimte er in verblüffender Eindeutigkeit und ließ einen Stempel herstellen, mit dem er dem Gröfaz, dem größten Führer aller Zeiten, seine entschiedene Missbilligung direkt in die Visage drückte.
Freilich: echt gelaufene Briefe sind selten.

DIE ANDERE RELIGION

Die Cheflektorin erzählte, dass am Ende der vierziger, zu Beginn der fünfziger Jahre auf allen Partei-Tribünen, auf allen öffentlichen Podien neben den Sitzgelegenheiten der derzeitigen und hier anwesenden Anführer, der Anleitenden, der An-Herrscher, stets zwei Stühle frei blieben, reserviert für die Größten der Menschheit, die Genossen Stalin und Mao. Wenn die beiden Einzigartigen plötzlich vorbeikämen und mal gucken wollten, was das Volk so macht, so wären immer zwei Ehren-Plätze für sie frei.

DIE AUSNAHME

Verlagslektor Harald Korall hatte den vom Politiker zum Autor mutierten, mitunter raubeinigen Fritz Selbmann zu betreuen, und das war nicht immer leicht für ihn. Aber, sagte er seufzend, er war der einzige Funktionär, der sich dem wütenden und revolutionierenden Umzug der Arbeiter (entgegen-)stellte, ein Vertreter des einstigen kommunistischen Widerstands und nun Minister. Er schnappte sich einen Tisch und stieg auf ihn und sprach, wie vor über zwei Jahrzehnten, zur Menge, und schrie, nicht alles, was sie gemeinsam errichtet hätten, so leichtfertig aufzugeben, aus den Händen, es ist doch ihr Eigentum, das des Volkes. Jedenfalls so in der Art.
Sie aber konnten derartige Sätze schon lange nicht mehr hören, und trotz seines Mutes, seiner Emphase, ja Eindringlichkeit ließen sie ihn reden und dann stehen und zogen weiter.

DOPPELTE SICHT

Der spätere Autor Hasso Mager, zur Zeit des 17. Juni ein junger fanatischer Staatsanwalt in Leipzig, wie er sagte, hörte (und einige seiner Kollegen), dass Demonstranten in das Justizgebäude eingedrungen sind, und er flüchtete, die Dienstpistole entsichernd, vom dritten in den fünften Stock. Da die Demonstranten niemanden fanden, sammelten sie sich bald im zweiten Stock und kehrten um. Später wusste Mager nicht mehr zu sagen, ob er geschossen hätte.

Stunden danach fand sich in einem Nachbargebäude die auch durch ihre Körpergröße auffallende Schauspielerin Linde Sommer, die in den ersten Reihen mitmarschiert war und natürlich ins Auge stach, in einem Polizeikeller wieder. Sie musste, wie alle anderen Verhafteten, durch ein Spalier von noch sehr jungen Polizisten laufen, und die droschen auf sie ein. Sie sah, sagte sie, die Angst in den Gesichtern der Polizisten wie in den Gesichtern der Verprügelten.

LIEBES BOTE

Einmal als attraktive Demonstrantin im Blick und den Fängen der Polizei, versuchte diese die Linde Sommer zu überzeugen, dem noch so jungen, noch im Aufbruch befindlichen und von den Reaktionären angefeindeten Staat ein wenig aufzuhelfen, indem sie sich vor und im Bett mit westlichen Konzernmanagern und Geschäftsleuten trifft und zur Aufklärung beiträgt: nicht der Herren, sondern ihres Landes. Während der verhandelnden, sanft erpresserischen Gespräche verknallte sich der Sicherheitsoffizier in sie und sprang eines Tages aus ihrem Kleiderschrank, um ihr, überrumpelnd, einen Antrag zu machen. Sie aber war so erschrocken, so in Schockdynamik fallend, dass sie schreiend zum Polizeipräsidium rannte, worauf dem Kundschafterführer mit harter Strafe beigebracht wurde, künftig Dienstauftrag und Amouröses deutlich auseinanderzuhalten.

DER UNKOLLEGIALE

Nach dem 17. Juni ließ der ehemalige Emigrant und nunmehrige Sekretär des Schriftstellerverbandes, der Dichter Kuba, auf Flugblättern verbreiten, dass die Werktätigen nur durch harte Arbeit das Vertrauen der Regierung zurückgewinnen können, worauf Brecht die Zeilen schrieb, ob es angesichts dieser Situation nicht besser sei, die Regierung wählte (sich) ein anderes Volk.
Dieser Auseinandersetzung soll am Tag der Demonstrationen ein telefonischer Hilferuf Kubas beim Berliner Ensemble vorausgegangen sein, in dem dieser verzweifelt berichtete, die Massen erstürmten gerade das Verbandsgebäude, und hernach hätte Brecht seinen engeren Mitarbeitern das kurze Gespräch wiedergegeben mit dem Zusatz: Kuba in Erwartung seiner Leser.
(Großen wird oft Projiziertes zugeschrieben: sagte ein Freund.)

DER BESONDERE FALL

Wochen nach dem 17. Juni hatte sich die Leipziger Staatsanwaltschaft, zu der auch der Berichtende Hasso Mager gehörte, mit einem Vorgang der speziellen Art zu beschäftigen: Die Bauern eines Dorfes bei Altenburg hatten im Rundfunk gehört, dass es in Berlin eine Revolution gebe, unter anderem wegen der erhöhten Arbeitsnormen, und da wollten sie nicht hinter den Hauptstädtern zurückbleiben, und so zogen sie zum Bürgermeister-Amt und riefen; Rudolf, komm doch mal. – Nö, rief Rudolf zurück und zeigte sich nicht. – Komm doch mal raus, Genosse Rudolf. – Nö, rief der Genosse Rudolf erneut. – Dann holen wir dich, sagten die Bauern nun und stürmten das Bürgermeister-Amt, das heißt, sie trampelten an der Sekretärin vorbei, ohne zu grüßen, in seine Regierungsstube und packten ihn und gingen mit ihm zur Dorflinde und banden ihn mit Stricken dort fest.
Rudolf, in Berlin ist Aufstand, und wir wollen auch zeigen, dass wir mit deiner Herrschaft nicht einverstanden sind und dass du der Diktatur dienst. – Mach ich doch gar nicht, sagte Rudolf trotzig, aber es glaubte ihm keiner. Sie sagten dem Bürgermeister, dass sie ihn für einige Stunden so gefesselt ließen, bis er begreift. Sie hockten sich um ihn und schwiegen zuerst. Einer holte dann etwas zu trinken.
Nach drei Stunden, als es schon langweilig wurde, banden sie ihn los und sagten: So, Rudolf, hoffentlich hast du verstanden.
(So, leicht amüsiert, der ehemalige Anwalt. Was aus den Bauern wurde, erwähnte er nicht.)

DER VERKÜNDER

Zur ersten Bitterfelder Konferenz 1959, die Kunst/Künstler und die offiziell regierende Arbeiterklasse einander näherzubringen gedachte, gab es den im Parteideutschpathos verfassten Aufruf *Greif zur Feder, Kumpel!* Da die wirklichen Bergarbeiter-Schriftsteller Horst Salomon, Berthold Viertel und Herbert Jobst sich zum Ablesen des Textes nicht zur Verfügung stellten, blieb das Ganze an Werner Bräunig hängen, der wegen kleinerer Schiebereien an der Berliner Grenze zum Schuften in der Wismut verurteilt worden war, dort aber nicht unter Tage seinen Platz fand, sondern, auch wegen seiner Schmächtigkeit, in einem Büro.
Er hat wohl so, sagte er einmal, sein Strafmaß erheblich verkürzt.

VERWICKLUNGEN

Werner Bräunig, als Halbwüchsiger von einem Onkel in den illegalen Ost-West-Handel eingespannt und zur Strafbewährung, wie erwähnt, in einer Wismut-Schreibstube landend, pflegte ein Leben lang ein Bergarbeiter-Image: Er wusste romantische Geschichten von unter Tage zu erzählen, von Heldentum und Schweiß und Blut, freilich besonders von den Besäufnissen am Dorfrand, und in Halle-Neustadt wurde er mit regenbetropftem Proletarier-Käppi fotografiert – da sah er ganz echt aus, und das Foto reproduzierte sich in Zeitungen und Journalen wie von selbst.

Diese kleinen Versteckspiele hinderten ihn nicht, den Roman *Rummelplatz* zu schreiben, in dem wesentliche Partien einen wesentlichen Realismus zeigen, was allerdings, nach einem Teil(vor)abdruck in einer Literaturzeitschrift, zu seinem Verbot führte. Deutlicher noch als diese Tatsache schmerzte den mehrjährigen Genossen die heftige und verleumderische öffentliche Debatte mit bestellten Artikeln von Brigaden, auch der wenig brüderliche Hinweis *Schnuppere, Werner, schnuppere* (die Wahrheit) des Kollegen Salomon.

Als er, gefeuert aus einer Dozentur am Literaturinstitut Leipzig, zu Beginn der siebziger Jahre nach Halle zog und nur noch Geschichten schrieb, bekam er für einen weiteren, nie wirklich in Aussicht stehenden Arbeiter-Roman über alle Terminlimite hinweg ein monatliches Stipendium von eintausend Mark, für die freundliche Begleitung (Betreuung) zweier Jungautoren zweihundertfünfzig, für ein gelegentliches Gutachten hundertfünfzig bis zweihundert, für arrangierte Lesungen mehrere Hunderte (was bei den Lektoren, die für ihn die Förderanträge ausfüllten, die fünf Jahre studiert hatten und ein monatliches Gehalt von fünfhundert Mark brutto bekamen, zu kleineren bis größeren Neidgefühlen führte). Von diesen etwa fünfzehnhundert Mark auf die Kralle (ein mittleres Direktorengehalt) schleppte er etwa vierzehnhundert ins *Treff*, dem neustädtischen Sammelpunkt aller trinkenden und zeitweise singenden Bau- und Chemiearbeiter, und er war nicht nur wegen der Freibierrunden beliebt, sondern auch wegen seiner Erzählchen (über die wilde Wismut). Er brauchte nur zu lallen, und die Bezirksleitung der Sozialistischen Einheitspartei, der Rat des Bezirkes, der Schriftstellerverband, der Mitteldeutsche Verlag usw. waren für ihn da – sie alle wussten von der öffentlichen, ihn verletzenden Dümpelung, dem Niederschlag, der möglichen Verkrüppelung seines Talents, sie alle fühlten sich schuldig, und so förderten sie ihn allmählich zu Tode.

DIE SONDERLICHKEIT

In dem sich sozialistisch nennenden Staat war nicht alles gänzlich von ihm beherrscht, es gab auch andere, distanzierte Welten, zum Beispiel die katholische. Die Stadt Dessau war besonders mit Menschen dieser Glaubensrichtung gesegnet wegen der vielen in den dreißiger Jahren zu den Junkers-Flugzeugwerken herbeigeeilten (angeworbenen) Oberschlesier.

Als der zehnjährige J. im Religionsunterricht bei der Behandlung des sechsten Gebots von einer Betschwester mehrfach ermahnt wurde, auch künftig nicht an seinem Körper herumzuspielen, erwiderte er immer wieder (verbockt), dass er gar nicht wüsste, warum er das tun solle, doch er musste es ihr in die Hand versprechen; erst Jahre später begriff er, dass hier Herr Onan in der Wüste angerufen wurde.

Dieser Punkt war dann einer der zum Geständnis-Programm gehörenden im Beichtstuhl. Er beklagte, dass er das Foto einer nackten Frau in einem ihm zufällig vor die Augen gekommenen *Magazin*-Heft betrachtet hätte, außerdem, dass er zwei Mark aus dem Portemonnaie der Mutter genommen hat, die Nachbarin mit einer Halblüge in die Irre führte und die Freunde mit Schimpfwörtern belegte. Zur Buße (*mea culpa mea culpa mea maxima culpa*) für sein Sündenregister wurden ihm zwei zu betende Vaterunser und drei Ave-Maria (*gebenedeit sei die Frucht deines Leibes*) aufgetragen. Das war am Sonnabendnachmittag; am Sonnabendabend wurde er, nachdem der Kohleofen extra angeworfen worden war, gebadet (vor den Eltern), und so befand er sich hernach im Zustand absoluter innerer und äußerer Reinheit; mit diesem wunderlichen Schwebegefühl lief er am Sonntagvormittag, auf nüchternen Magen, wie es sich gehörte, zur Heiligen Messe. Und der Weg war weit: Von der Ziebigker Straße bis zum Bauhaus und bis zum Tunnel des Bahnhofs und, sich allmählich dem Stadtzentrum nähernd, bis zum Polizeipräsidium, und langsam kam die Kirche in Sicht, wo er (*dominus vobiscum*) den Leib Jesu Christi als Hostie auf die Zunge gelegt bekommen sollte und Gott nun ganz nah war. Und dann, noch immer ungefrühstückt, ging es den Weg zurück, zumeist rannte er schon, und bald war Mittag.

Freilich, wenige Stunden später, wenn ihn beim Fußballspielen auf der Parkwiese ein Freund gegen das Schienbein trat und er aufheulte und schrie: Du Runkser, du blöde Sau, war alle Reinheit dahin und die Seele wiederum mit Abgrundtiefen belastet.

Ein Jahr darauf schon meinte er, der Weg zur Kirche sei außerordentlich und kaum zumutbar weit, noch dazu, da im benachbarten evangelischen Pfarrhaus Margarete mit den schwarzen Zöpfen wohnte, in die er sich ziemlich unsterblich verliebt hatte, ihr aber davon nichts sagte. Als er der Mutter solches andeutete, sagte die nur: Eine Mischehe schlag dir aus dem Kopf, die wird es nicht geben.

DAS ZUGESTÄNDNIS

Als der elfjährige J. mit seinen Eltern (sie hatten die Betriebswohnung von Agfa Wolfen zu verlassen) in ein anderes Stadtviertel ziehen musste, erklärte ihm die neue Deutschlehrerin, dass er, mit seinem Glauben, Martin Luther nicht unbedingt als den großen Reformer anerkennen müsse, aber zumindest dessen Leistung für die deutsche Sprache eingestehen sollte. Durch ein Kopfnicken gestand er ein, begriff aber erst Jahre später, worauf er sich da eingelassen hatte.

MITGERISSEN

Als die zehnte Klasse die letzten beiden Schulstunden vor den Ferien nicht noch mit Lernen verbringen wollte, bat sie den Geschichtslehrer, aus seiner Kriegszeit zu erzählen, die Schüler hatten schon Andeutungen gehört. Herr Koch konnte auch so spannend von den Jahren als U-Boot-Geschützführer berichten, dass schon nach einer Stunde alle, wie man so sagt, an seinen Lippen hingen und miterleben mussten, wie die englische Unterwasser-Flotte zum Ende der großen Schlachten immer stärker wurde, wie links und rechts von Herrn Kochs Boot die Schiffe versanken, wie auch Herr Koch bei jedem heroischen Einsatz um sein Leben fürchten musste, und auch, wenn er schlussendlich murmelte: Nie wieder Krieg, waren nach der zweiten Stunde alle FDJler und Mitglieder der Gesellschaft für Deutsch-Sowjetische Freundschaft so zwischen Wut und Tränen gelagert, dass ihnen kein Engländer im ganzen Schulgelände noch auf der Straße davor begegnen durfte.

DIE TRADITION

Die Ferienzeit bei Tante Gundel war stets etwas ganz Besonderes. Als der siebzehnjährige J. dieses Mal zu ihr fuhr, hatte er ein Fischer-Taschenbuch mit Stefan Zweigs Novellen an Land gezogen, das heißt: geliehen, und er zeigte ihr stolz das Objekt der Begierde. Doch Tante Gundel wusste nur zu sagen: Aber Junge, weißt du denn nicht, dass das ein Jude ist?

DER VORFALL

Nikita Chruschtschow hatte 70. Geburtstag, und alle Kinder des sozialistischen Erdballs sollten, in Schulklassenstärke, ihm das Herzlichste wünschen. Ein Schüler unterzeichnete, mit einem unübersehbaren Schwung in der Schrift, offenbar in einem kleinen Übermut mit seinem Spitznamen (*Nickname* ist ein schönes englisches Wort), so eigentlich eine Vertrautheit, ein Innigsein herstellend. Das aber sah der Hauptlehrer nicht so, vielmehr konterrevolutionäre Unverschämtheit, Sabotage an der deutsch-sowjetischen Freundschaft, eine reaktionäre politische Provokation usw. und weigerte sich, dieses Subjekt weiterhin zu unterrichten. So musste der Schüler die nächste Stunde auf der Treppe verbringen, ein Geächteter. Auch in den folgenden Unterrichtszeiten sah sich jeder Lehrer bemüßigt, mahnende Worte unter dem Motto: *Wehret den Anfängen* loszuwerden, sie fanden aber keinen Grund, ihn von der Wissensvermittlung auszuschließen; das geschah erst zum Schluss des Vormittagsprogramms, als der Hauptlehrer erneut das Zepter führte.

Als der Schüler der Mutter erzählte, der Pädagoge hätte ihn auch eine Eiterbeule der Gesellschaft genannt, versetzte sie das so in Wut, dass sie am nächsten Morgen wie eine Furie zum Direktor raste, welcher den antihumanistischen Charakter des Vokabulars seines Kollegen als einen solchen anerkennen musste und deshalb den Kollegen rief, der sich für seine Worte bei des Schülers Mutter zu entschuldigen hatte und versprach, das Subjekt, das die Angelegenheit nicht so böse meinte wie ausgelegt (so einigte man sich), wieder in die Gemeinschaft aufzunehmen und zu unterrichten.

Jahre später traf der einstige Schüler den Lehrer und wies ihn auf die fristlose Kündigung Chruschtschows durch das Politbüro hin und dass er, der Winzling aus der elften Klasse, damals doch eher weitsichtig gewesen wäre – da fand der Pädagoge das immer noch nicht lustig.

VOM PLÖTZLICHEN

Was machen Menschen, die sich kennen und sich unvermutet auf für beide unerlaubtem fremdem Territorium begegnen? Der Eine heißt Horst Körner, ist Lehrer an einer mitteldeutschen Schule, Autor eines höchst informativen Buches über die Raumfahrt und trotzdem ein garstiger Hundertfünfzigprozentiger, ein stalinistischer Fanatiker. Der Andere, Peter Schäcke, hat vor wenigen Wochen das Abiturzeugnis aus der Hand jenes Lehrers bekommen.

Sie begegnen sich am 12ten des Augustes 61 in der Gegend des Westberliner Bahnhofs Zoo: den Einen trieb nun doch die Neugier, sich mal das Gelände des Klassenfeindes anzusehen, der Andere kam vom Ostseeurlaub und unterbrach die Heimreise für ein paar Stunden, und beide wussten blitzartig, dass ein Bericht über diese Begegnung dem Anderen den Lebenslauf gründlich verderben kann. Beide fühlen sich ertappt, erstarren, betrachten den Gegenüber intensiv, schätzen ihn ab, zehn, zwölf, vielleicht gar fünfzehn endlos sich hinziehende Sekunden. Dann wenden sie den Blick ab und gehen stumm aneinander vorbei, jeder in seine Richtung.

NACHDENKEN ÜBER CHRISTA T.

Als der Roman von Christa Wolf veröffentlicht wurde, fand die Parteileitung des Landes, dass dieses Buch eher der spätbürgerlichen Dekadenz denn dem sozialistischen Realismus zuzurechnen sei und dass man sehr viel kritischer, abweisender mit der Autorin umgehen müsse.

Beim nächsten Schriftstellerkongress erhielten die Anreisenden, wie üblich, rot von einem Kunststoff (Lederin genannt) ummäntelte Mappen mit den Tagungsunterlagen. Doch statt des harten Arbeitens an der Verdammung der Kollegin gaben sich die Delegierten leichtfertig dem Spott hin, einer der neuen Sprüche sprach vom *Rotmäppchen und der bösen Wolf.*

WIE'S HALT SO GEHT

Horst Sindermann galt unter seinen Genossen im Politbüro der Einheitspartei eher als ein Intellektueller, und so freute es die größeren Dumpfbacken unter ihnen, als es wegen des Mitteldeutschen Verlags und Christa Wolfs Buch *Nachdenken über Christa T.* Ärger gab, und das war ja nun mal sein Bezirk, sein Verantwortungsbereich. Hast wohl deinen Laden nicht mehr im Griff, stichelten die, die seine ausschweifende, sie belehrende Rhetorik satthatten und ließen ihn indirekt wissen: Klugscheißernd schwafeln ist das eine, wirklich regieren, die Zügel in der Hand halten das andere.

Wutentbrannt fuhr er nach Halle zurück und ließ den Verlagsleiter antanzen und befahl ihm eine öffentliche Stellungnahme gegen Christa Wolf. Heinz Sachs aber, der die Begriffe Kritik und Selbstkritik kannte, schrieb einen Artikel, in dem er alle Schuld auf sich nahm, er habe die Konflikte nicht wirklich erkannt, ihre Tragweite, die andere Lebenshaltung, er habe ungenügend mit der Autorin gearbeitet usw. – doch es half ihm nichts: er galt nun, auch bei den strammen Parteigängern, als peinlicher Umfaller, als Verräter an der Wolf. Also weg mit ihm.

DIE BESONDERE SITUATION

Ende der sechziger Jahre war M. dabei, einen Roman zu schreiben, dessen Geschehnisse zum Teil an einer Hochschule spielten, und die Universität Rostock war so freundlich, ihm diverse Erkenntniswege zu öffnen. So nahm er eines Montags an einer Leitungssitzung des Historischen Instituts teil, und der Hauptpunkt war zwangsläufig die gestrige Wahl der Kandidaten der Nationalen Front und ihre Auswertung. Es lag ein Schreiben vor, auf dem genau notiert war, welche Diplomanden und welche Lehrerstudenten wann und wie das Wahllokal betreten hatten, ob zum Beispiel als fortschrittliche Gruppe im Blauhemd oder einzeln, aber im Blauhemd, oder nur einzeln (im Räuberzivil), ob vor oder nach neun Uhr, obwohl sich doch alle in der Vorbereitung verpflichtet hatten, und dass es sogar Studenten gab, die erst nach zehn Uhr ihre Stimme in die Urne steckten; ein Student freilich, der schon des Öfteren aufgefallen sei, Geschichte/Sport, mehr brauche er wohl nicht zu sagen, und wie der einmal Lehrer sein will, das sei doch wohl schwer zu verantworten, also der kam doch tatsächlich erst drei viertel zwölf, ich meine, wirklich, hier steht: 11 Uhr 47, und M. hörte den Schmerz und die Empörung in der Stimme des Dozenten.
Und er dachte daran, dass er eigentlich schon wieder in seinem Heimatort sein wollte, dass er wegen seiner Recherchen hier verpasst hatte, zur richtigen Zeit an der richtigen Stelle zu sein, dass die wichtige Wahl der Bestätigung des Volkswillens ohne ihn gelaufen war, und wenn das jemand in dieser Runde wüsste – welch einen Aufschrei und Hinauswurf das geben würde. Und als er das Gebäude verließ, war er froh, ein Unerkannter zu sein.

DER STAATSBESUCH I

Als der junge Mann zufällig nach Weimar kam, sagte ihm die befreundete Schauspielerin, dass heute ein ganz besonderer Tag sei, der Bundeskanzler wird, von Erfurt kommend, durch Weimar zum einstigen Konzentrationslager Buchenwald fahren, auf seinen Wunsch hin. Das, sagte sie, sollte man sich mal ansehen, die Stadt steht ohnehin kopf, überall wachen Sicherheitsposten, und die, die eigentlich Urlaub haben, aber noch am Ort sind, mussten sich in ihren Betrieben melden und sitzen dort fest, während andere, die arbeiten müssten, geradezu massenhaft als Streckenjubler delegiert wurden. Wenn Brandt dann, so sagte sie, an ihnen vorbeirauscht, sollen sie ihm emphatisch zurufen: Die DDR wird anerkannt/mit oder ohne Willy Brandt. (Besser mit ihm.)

Das sei doch beeindruckend gereimt, sagte der junge Mann, besser hätte er's auch nicht gekonnt. Und dann liefen sie zum Stadtzentrum und sahen Trauben von Menschen an der vorgesehenen Fahrtroute warten, manche mit *Wink-Elementen*, andere mit affirmativen Spruchbändern, zumeist ungereimt. Überall Anpassung und Anspannung und Gemurmel, und wiederum Kinder, die unbeeindruckt Hasche spielten, aber sie kreischten nicht dabei.

Der Kanzler sollte um vierzehn Uhr kommen, doch er kam nicht, wer weiß, wo ihn der Willi Stoph eingeschlossen hat. Und es begann zu nieseln. Und allmählich wurde das Wetter noch schlechter und Wind gesellte sich dazu. Und natürlich wurde die Stimmung immer mieser, aber niemand sollte fortgehen, und mancher wollte auch nicht fortgehen, jedenfalls: Der Unmut war deutlich.

Endlich kam, zwei Stunden verspätet, der Willy Brandt im offenen Regierungswagen und winkte, und das schier endlose Spalier hatte den gereimten Spruch vergessen, wedelte die Hände oder klatschte und rief *Willy Brandt*, und dann war er schon entschwunden. Und die Leute, weiterhin murmelnd, verliefen sich.

PS: Auf dem Ettersberg oben ließ man das Deutschlandlied und die hiesige Hymne spielen, und war nun, dachte man, doch schon einen Schritt weiter auf dem Weg zur Anerkennung des Staates. Der Erfolg war aber nicht, dass Willy Brandt etwa gesagt hätte: Gut, wenn nun mal die Hymnen ertönten, erkenne ich euch an, sondern es beschwerte sich Schauspieler Erwin Geschonneck im Namen der Organisation der antifaschistischen Widerstandskämpfer; er meinte, dass es eine Peinlichkeit sondersgleichen sei, ausgerechnet im Konzentrationslager Buchenwald dieses (auch) zu den Nazis gehörende Lied mit Tschingderassa zu schmettern, offenbar schrecke man vor gar nichts mehr zurück. Da musste man erst mal den Genossen Geschonneck beruhigen und sich entsprechend um ihn kümmern.

DER GESONDERTE

Wer es einmal in der DDR verschissen hatte, hatte es, oftmals, für immer (denn es gab keine Alternativen). So auch Walter Ulbricht. Als abgesetzter Generalsekretär der Partei, aber Noch-Staatsrats-vorsitzender hatte er beim Neujahrsempfang der Botschafter zu repräsentieren. Jedoch, wie sich Fernseh-Mitarbeiter Manfred Müller erinnerte, waren die Kameraleute angewiesen, bei ihren Filmaufnahmen die eine lange Reihe der Diplomaten abzufahren und in der Nähe des Landeshöchsten zu stoppen und dann die zweite lange Reihe ins Bild zu nehmen und erneut kurz vor dem Geächteten innezuhalten, und so wurde das Wunder vollbracht, von der (langweiligen) Veranstaltung relativ ausführlich zu berichten, die Hauptperson aber nie zu zeigen.

BAUCHNABEL ABWÄRTS

Nach dem Einmarsch der Armeen der sogenannten Bruderstaaten in die Tschechoslowakei 68 und journalistischen Hetzergüssen in ostdeutschen Zeitungen forschte Simon Wiesenthal zu Verfassernamen und fand etwa vierzig in den Annalen des Dritten Reichs. Die Mischung von postnazistischer und poststalinistischer Sprache (und Sprüchen) führte zu mancherlei bösartigen Kuriosa: So wurde Stalins Tochter, eine *gewisse* (übliche, als Diffamierung gedachte Vokabel) Swetlana Allilujewa, für geistig beschränkt und zur Schlampe erklärt, weil sie, nach zwei gestorbenen Ehemännern, ein drittes Mal geheiratet hatte (das sagt doch schon alles) und mit ihrem Mann, einem indischen Kommunisten, in Indien geblieben war. Der Jude Biermann wurde als Parasit benannt, der, zu faul zum anständigen Geldverdienen (nach Veröffentlichungsverbot) am Gehalt seiner Geliebten partizipiert. Ein sowjetischer Dissident wurde als Flöheverbreiter (wie die Russen halt so sind) definiert. Ein Schreiber (Dieter Noll) bezeichnete einige andersdenkende Kollegen, in einem öffentlichen Liebeskniefall oder Anfall vor Honecker als kaputte Typen (irgendwie in die Psychiatrie gehörig). Stefan Heym wurde als *amerikanischer Bürger* erinnert: kein Wort, dass der jüdische Deutsche H. das sogenannte Dritte Reich fluchtartig verlassen musste, dass H. wegen der Sauereien im Koreakrieg den USA alle Orden zurückwarf und das Land, für das er gekämpft hatte, verließ, dass er als Sozialist und Aushängeschild einst herzlichst willkommen war – nun tat man so, als sei er gar kein richtiger Deutscher und es wäre ein Zubrot für ihn, hier leben zu dürfen.

Sich als Mitglied einer amerikanischen Spezialeinheit für psychologische Kriegsführung während des Zweiten Weltkriegs erinnernd, rief Heym seinem nunmehrigen politischen Gegner Hermann Kant (ihn für alle Attacken gegen sich verantwortlich machend) gern ins Gedächtnis, dass der in jenen Jahren willfähriger Soldat der faschistischen Wehrmacht war/sein musste. Freilich, dies drei Dezennien später und nicht die eigentlichen Punkte der Auseinandersetzung nennend, war das auch, irgendwie, unter der Gürtellinie.

FORMULIERUNGEN I

Es gab in der DDR Sprachregelungen, die mitunter so verblüffend daherkamen, dass ihnen schwer zu widersprechen war. Auch die Substantivitis, ein Juristen- und Bürokratendeutsch, gab dem Schein-Sozialismus eine deutliche kaiserlich-preußische Färbung. Was soll ein Bürger/ein Einwohner/ein Antragsteller noch sagen, wenn ihn ein Amt, auf eine unangenehme Nachfrage hin, wissen lässt: Wir sind nicht berechtigt, Ihnen eine Auskunft zu geben. (Noch dazu in sächsischer Lautmalerei.)

Alle Behörden, Zentralen, Zeitungen waren Organe von etwas, zumeist von Partei und Regierung, zum Beispiel das „Zentralorgan" *Neues Deutschland*, sodass die These von Ernst Wenig, Autor, Freund und informeller Mitarbeiter: Unsere Organe lassen nicht mit sich spielen, seine Berechtigung hatte.

Alle Leitstellen-Sätze waren auf Abwehr aus (*dem Bürger Bescheid stoßen* – indem man ihm nicht Bescheid gibt, sondern ihn rüffelt), und da ein Verwaltungsgericht nicht wirklich, in den Köpfen schon gar nicht existierte, war diese Methode auch erfolgreich. – Einmal, auf dem Wege nach Rostock, war die Autobahn komplett gesperrt, man sah in der Ferne Panzer die Straße queren, vermutlich eine unvorhergesehene Truppenbewegung der „Freunde", und der befragte Polizist, da er den Grund nicht sagen sollte, erwiderte vorgegeben gestanzt: Interessiert Sie das? Mich interessiert das nicht. – Bleibt Ihnen da die Sprache weg?

Nach einer Großveranstaltung des Kombinates Leuna mit vierzig Schriftstellern, die in die Brigaden gingen, zu den *Werktätigen*, und aus ihren Büchern lasen und debattierten, wollten sich einige Autoren beim abendlichen Treffen über die mangelhafte

Organisation beschweren, was die Chefbibliothekarin jedoch abzuwürgen wusste mit dem Satz: Aber Genossen und Kollegen, wollen wir einen so erfolgreichen Tag etwa mit einer Fehlerdiskussion verderben? Bei so viel Chuzpe waren die Dichter ohne Worte.

Und für die Weltfestspiele 73 in Berlin Ost stand für alle FDJ-Funktionäre und Dolmetscher bei eventuellen Fragen nach dem (verbotenen) Liedermacher Biermann die Schulungs-Antwort bereit: Biermann? Biermann? Wir verfolgen aufmerksam alle Neuerscheinungen auf dem Büchermarkt und im Schallplattenbereich – aber ein Biermann war nicht dabei. (Was stimmte. Ungelogen.)

FORMULIERUNGEN 2

Dass im östlichen Deutschland alles ein Einheitsbrei war, kann vielleicht durch den einen oder anderen Namen oder die eine oder andere Handlung der führenden (sich die Führung genommen habenden) Partei bestätigt werden, nicht aber durch die Sprache und die verschiedenen Temperamente in den diversen Regionen: So stellte sich dem sächsischen (genauer: Leipziger) außerordentlich freundlichen, geradezu höflichen Geschäfts-Satz: Ham Se vielleischt manchema ee Feng? (Haben Sie vielleicht zufällig noch einen Pfennig?) die eher rüde, aber durch ihren Singsang sich wiederum beinahe einschmeichelnde mansfeldische Aufforderung entgegen: Ja, Meiner, hale de Labbe, sonst kreist de eens vor'n Schäddel jeleddert, während das Anhaltische auch orgiastische An-Sätze gemeiniglich sachlich rüberzubringen pflegte: Un denne an Ahmt mit's Mächin uff's Rad un rinn inne Jurken, in stiller Verhaltenheit äußerte sich auch das Vorpommersche/Mäkelnborgische: He wor noch se jong, un denn is sä dood jeblieben, dem sich lange das Flüchtlingsostpreußische parallel hielt: Brijitte, sei stille, du hast ja den Kriech nich mitjemacht. Und eine Marke für sich war das Berlinische, dass trotz aller Vitalität auch mal ins Ratlose rutschen konnte: Ick weeß ja ooch nich, wat sich de Jenossen nu daderbei jedacht ham.

Mag sein, dass die Unterschiede zwischen dem Deutsch anne Waterkant und zwischen dem Kölschen, Hessischen, Schwäbischen, Fränkischen, Oberbayerischen noch evidenter sind, doch die Voraussetzungen für die Selbstständigkeit der sogenannten neuen Bundesländer waren, rein verbalistisch gesehen, auch in früheren Jahrzehnten, so glaube ich behaupten zu dürfen, deutlich vorhanden.

VOM ERKENNTNISGEWINN

Es bestand immer die Gefahr, dass genauere etymologische Untersuchungen von Begriffen, von Wortfügungen wie Deutsche Demokratische Republik oder Führende Rolle der Arbeiterklasse oder Vorhut derselben (verspottet als Vorhaut) oder Freier Deutscher Gewerkschaftsbund zu letztendlich deprimierenden Ergebnissen kommen; umso optimistischer die Definition dessen, was der erwartete sozialistische Realismus sehr lange *be-inhaltete* (auch eine besondere Sprachform). Dieser, so hieß es, sei die subjektive Wi(e)derspiegelung der objektiven Wirklichkeit – nur viel, viel schöner.

EINE FAST RUNDUM POSITIVE ANEKDOTE

Bei der Verfilmung einer Erzählung über zwei Nachkriegskinder, die in einem Autowrack sitzen und über ihre Eltern und die gegenwärtige Welt sprechen, hatten Regisseur und Kameramann zu wenig in der wüsten, schlammigen Dreh-Umgebung auf den Hintergrund geachtet. Dort entstand gerade die Neustadt von Halle, und einer der Plattenbauten am Horizont war an den Aufnahmetagen so gewachsen, dass das Material unbrauchbar war; es musste beim zweiten Versuch in eine andere Richtung gefilmt werden.

AUCH EINE SICHT

Nachdem zwei Funktionäre als Verlagsleiter und Cheflektor des Mitteldeutschen Verlags gefeuert wurden, weil sie sich, in den Augen höherer Funktionäre, als nicht parteilinientreu genug herausgestellt hatten, wurden nunmehr zwei stramme Funktionäre aus den SED-Bezirksleitungen Erfurt und Halle requiriert. Beide hatten von Literatur und Büchermachen keine Ahnung, es genüge, wurde ihnen gesagt, wenn sie den Kurs der Partei, wie bisher, an anderer Stelle eindeutig und ausreichend durchsetzen, für alle Fachfragen wären ja die Lektoren da. Alles klar?
Die Cheflektorin weinte ob dieser Delegierung zwei Tage und drei Nächte und wurde allmählich eine empfindsame Glucke, während sich der ewig missmutige, misstrauische, polternde Genosse Herzog als so amusisch profilierte, dass er *abgelöst*, das heißt: dringlich entfernt und durch einen anderen Funktionär, zumindest aus der Branche, ersetzt werden musste.

DIE ENTDECK(EL)UNG

Aus der Lebenskiste/dem -kästlein der Erfahrungen sei den Politikern und Fernsehstars und allen anderen Öffentlichen zugekramt: Zeigt euch, Wartende, vor dem Auftritt (oder später), nie im Neonlicht – nicht euren Freunden, den Feinden desweniger, es helfen da alle Schminke nicht(s) noch Schweizer Frischzellenkuren. Der bekannte Komödienschreiber sagte, er sei eingeladen gewesen zu einer feierlichen Lesung zu Ehren des 25. Jahrestages der Republik im Palast derselben, und bevor das Schauspiel, das große Theater, losging, hätten in einem Vorraum an einer endlos langen Tafel die Akteure gehockt, er durch einen Zufall dem Staatsratsvorsitzenden sowie dem Wirtschafts-Heiligen Mittag gegenüber, und da hätte er, in dieser fatalen Elektro-Fahlheit, zwei totenbleiche, schon schädlige Gesichter gesehen, unrosa, wie Gosse sagen würde, und er wusste: Mehr als fünfzehn Jahre noch machen die's nicht.

DIE WELT DA DRAUSSEN

Als der Mitarbeiter der Bezirksleitung Einheitspartei zum Direktor eines Parfümerie-Betriebes ernannt (gemacht) wurde, trat der höchst unsicher sein neues Amt an, weil er entschieden mehr Ahnung von den Rangeleien hinter den Kulissen der Parteitage hatte als von den diversen Duftmischungen. Diese Unsicherheit verstärkte sich noch, als er begreifen musste, dass nun für immer (jedenfalls für lange) eine Reihe von Privilegien weggefallen waren: es standen ihm, auch im Privatbereich, wie es so hieß, nicht mehr Tag und Nacht verschiedenste Reparaturbrigaden für alle möglichen Wehwehchen zur Verfügung, sein Auto wurde nicht mehr wie nebenbei auf Vordermann gebracht, Arzttermine zeigten jetzt eine seltsame Zähigkeit in der Verwirklichung, ebenso die Suche nach einem Kindergartenplatz, die Sonderläden für Lebensmittel und Kleidung im eigenen Haus entschwanden in aller Stille, die edlen Ferienobjekte. Wenn nun auch andere Betriebsbungalows warteten und die eine oder andere exquisite Ware im Tausch gegen sonst schwer erreichbare Parfüme für Frau und Geliebte erworben werden konnten, landete der neue Direktor auf dem Boden jener Tatsachen, von denen er lange keine Ahnung hatte. Er musste begreifen, dass der Weg zur sogenannten Bedürfnisbefriedigung für die meisten sehr viel länger dauern wird, als bisher von ihm geglaubt.

DER ANSTIFTER

Die Harksens waren in Dessau ein bedeutender Bildungs-Clan, Stadtarchiv und Anhaltische Gemäldegalerie und die Gotik-Forschung waren fest in ihrer Hand. Als junger Mann wurde Hans H. vom Oberbürgermeister Hesse, der das Bauhaus hier, nach der Ablehnung in Weimar, angesiedelt hatte, verpflichtet, die Koryphäen Klee, Kandinsky, Feininger, Schlemmer usw. an die Stadt und die Umgebung (das Dessau-Wörlitzer Gartenreich) zu gewöhnen, ihnen die Schönheiten/die Besonderheiten zu zeigen, und nach jedem Ausflug bekam er Bilder von den Verehrten geschenkt, sodass J., sechzehnjährig die Wohnung betretend, glaubte, in einem Museum zu sein, auch wegen der Bauhausmöbel.

1959 inszenierte Harksen zum als formalistisch und dekadent verpönten Bauhaus die erste kleine, zaghafte Erinnerungs-Ausstellung mit zehn Grafiken im schwesterlich geführten Kunsthaus, und da ein Donnerwetter ausblieb, probierte er Schritt für Schritt Weiterungen, für die Stadt und für das Land, auch durch so irrsinnige Artikel wie *Der 22. Parteitag der KPdSU und Picasso*, er bekam Einfluss, er wurde geschätzt, er galt bald als *der* Experte, er wurde von allen Seiten angefragt, seine Auslandskontakte bedeuteten kein Problem.

Einige Zeit vor dem 50. Geburtstag des Bauhaus-Gebäudes in Dessau und damit der zweiten Eröffnung der weltweit bekannten Schule aber besann sich die offizielle Kunst-Doktrin, sie war nun der Ansicht, dass die Gemälde Klees und Kandinskys vielleicht nicht einzig, wie bisher verbreitet, Propaganda-Produkte des (westlichen) Imperialismus sind und nur ein Teil des Bauhauses, eigentlich der unwichtigere, eigentlich gar nicht dazugehörend, dass es durchaus sozial engagierte, ja frühsozialistische Bau-Programme und handwerklich gediegene Serienherstellungen gab, und nun wurde geklotzt, auch für das Ansehen des Landes (auch mit Harksens Unterstützung), und der Baukörper wurde großartig restauriert, und ein internationales Gremium aller einstiger Schüler (über die Kontinente verstreut) traf sich, und Minister hielten Reden, einige entscheidend und beeindruckend, und alle waren glücklich, und wenn sie nicht gestorben sind ... usw. usf.

Nur einer wurde nicht eingeladen, man bedurfte seiner nicht mehr: Hans Harksen.

DIE FRAGE DER SOZIALEN DEFINITION

Die Schauspielerin und Sängerin Eva-Maria Hagen gab sich reichlich mehr als ein Jahr als die quicklebendige *My Fair Lady* im Landestheater Dessau, und ihr getreuer Lebensgefährte, Liedermacher Wolf Biermann, fuhr sie zu jedem Auftritt in die anhaltische Hauptstadt. Um die nächsten drei Stunden in der Kantine des Hauses verbringen zu können, trug er sich mit der rechtmäßigen Berufsbezeichnung *Fahrer* ins Pförtnerbuch ein. Die *Sicherheitsorgane* versuchten, das zu verhindern, auch den Kontakt zu den Schauspielern, aber was wollten sie gegen einen so ordentlichen Proletarier unternehmen?
Er, immer auf dem Weg zur Arbeiterklasse – nun war er die Klasse selbst.

DAS TECHTELMECHTEL

In Bitterfeld, während eines Auftritts Eva-Maria Hagens im Kulturpalast, sah der Leiter ihren Begleiter Wolf Biermann frierend in seinem Auto hocken, und er lud ihn zu einem Kaffee in sein Büro ein. Sie schwatzten dann eine lange Zeit miteinander und verabschiedeten sich, als die Vorstellung zu Ende war, herzlich; und Schriftsteller Manfred Richter wusste das alles als erfreulich und beeindruckend und witzig zu erzählen.

Erst als die Wende entdecken ließ, dass er auch der zentralen Erfassungsstelle regelmäßig berichtete, fand man diese Geschichte nicht mehr so lustig. Es war wohl klar, dass sich jener Kaffeeplausch als Aktennotiz verewigt hatte.

DER GAUKLER

Der große philosophierende Dichter Peter Hacks vermochte auch ein Winzling zu sein: allerdings, wie jemand wie er in der Zeit des Streits um Biermanns Ausbürgerung, einem ans Dritte Reich gemahnenden Streich der Polit-Führung, davon sprechen kann, jener Liedermacher könne nun im Bett des alten Herbergsvaters Böll noch die Flöhe Solschenizyns finden und diesen Auswurf auch noch von der *Weltbühne* gedruckt bekommt – das dürfte schwer erklärlich sein. Das Perfide ist allein, dass ein Kollege so über einen anderen spricht (und sei es aus Neid, dass der grad mehr Aufmerksamkeit einheimst). Das Perfidere ist, dass einer sich zu so sichtbar faschistoider Sprache hinreißen lässt. Das Noch-Perfidere bleibt, dass dies von verantwortlicher Stelle (gern) hingenommen/hergenommen wurde und dass es keine Öffentlichkeit gab, die dies verhindern oder auch nur rügen konnte. Und das Perfideste ist, dass diesen Dreck eine Zeitschrift publizierte, die den Namen Ossietzky im Titelblatt führt. Es ist dieses Heft ein Tiefpunkt deutschen Geisteslebens, ein Friedhof.

DER EIFER DES NICHTS FÜR NICHTS

Biermann verbreitete die Ansicht, die Stasi (Staatssicherheit) sei sein Eckermann – doch diese Aufpasser-Organisation war viel mehr, sie war, durch ihre ungehemmte Sammelwut, ihren Allwissenheitsanspruch, eine einzigartige personifizierte Fleißarbeit, eine Dokumentation des Alltags, wie es sie nie zuvor gab; eine schier unerschöpfliche Quelle für künftige Historiker: Durch die Akte aus der Zeit nach der Ausbürgerung des Liedermachers und Sängers erfuhr M., wie er sagte, zu seiner Verblüffung, welche Neugierlast einerseits die Beobachtungswilligen zu ertragen hatten, weil er, nach der Petition gegen den Staatsakt, drei Tage lang nicht die Wohnung verließ (während sie rund um die teuflische Uhr spitzelnd im Auto hocken mussten), andererseits, dass er am fünften Mittag der Observation Lebensmittel einkaufte und welche und zu welchem Preis (wer wüsste das, vierzig Jahre später, auch nur annäherungsweise, noch zu sagen) und was für einen bescheuerten Mantel er trug (auf mehreren Fotografien zu sehen) und welche Nachbarn er grüßte. Und was wäre noch alles an kleinkarierten Banalitäten festgehalten worden, wenn er nicht aus eben diesen Gründen das ihm angebotene Telefon abgelehnt hätte.

Ach ja – was für eine ungeheuere Verschwendung an Arbeitskraft, was für eine Vergeudung. Gewiss ist, auch, daran das Land zugrunde gegangen.

K. IM SCHLAMMASSEL

Er war als Einziger von den Protestlern (gegen Biermanns Ausbürgerung) zu der großen Versammlung gegangen und hatte sich die Selbstbeweihräucherung der Offiziösen und der offiziösen Autoren angehört und am Abend die Dichterin angerufen und ihr, in allmählich aufgeregt werdenden Worten, davon erzählt.
Nach einer Weile fragte sie ihn, wie er bei den verschiedenen Resolutionen abgestimmt habe, und er sagte, dass er bei der Verurteilung, Proteste an Westsender zu geben, zugestimmt hatte. Sie schwieg. Er sah sich genötigt, ihr zu erklären, dass er sich, wenn er jahrelang getönt hatte, alle Probleme müssten im eigenen Lande besprochen und gelöst werden, dazu genötigt sah. Er hörte ihre stumme Traurigkeit, er hörte in seinem Kopf das Wort Verrat.
Er beschloss, nie wieder so naiv herumzutönen (was er als so schlaue Aufforderung hauptsächlich an die Anderen gedacht hatte), es war doch klar, dass die Jen-Seitigen sich nie wirklich auf Diskussionen mit offenem Ausgang einlassen würden, dass er stets am Ende als der Depp dastehen würde. Aber nun war es, erst einmal, zu spät.

DIE EINE HAND WÄSCHT …

Der Schriftsteller war, als abendliches Kulturprogramm, zu einer jährlich stattfindenden Generalversammlung der Ärztlichen Direktoren und Chefärzte des Bezirkes eingeladen, es waren etwa einhundert Medizinkräfte da. Die Lesung war von Realismus und Humor geprägt, die Zuhörer stellten kluge und hintersinnige Fragen, und der Autor bemühte sich um eine ansprechende Informationsfülle, und alles war nett und das Ereignis beinahe vorbei. Da rappelte es in dem Erzähler, da hielt's ihn nicht mehr, da fragte er die hiesige Mannschaft, was sie von der kürzlich stattgehabten Ausbürgerung des Liedermachers Biermann hält. Da kippte die Stimmung ein bisschen, denn die Mannschaft wollte die Frage gar nicht verstehen, geschweige denn war sie zu einer Antwort bereit, sie wuchs nun erst zu einer wirklichen und deutlichen Mannschaft.

Wenn es einem so gut geht wie uns, sagte dann einer, wenn man so vom Staat gefördert wird, so viele Aufstiegsmöglichkeiten geboten bekommt, dann ist doch selbstverständlich, dass man auch zurückgeben will, Dankbarkeit zeigt, Solidarität mit dem Staat, noch dazu in einer für ihn schwierigen Situation (wenn es überhaupt eine ist und nicht nur die Einbildung von einigen Intellektuellen). Sie kennen diesen Biermann nicht, und sie kennen seine Lieder nicht, aber wenn einer so herumkotzt und -ketztert wie er, muss er sich nicht wundern, dass der Staat sich wehrt. Mit allen Mitteln.

Allgemeines zustimmendes Gemurmel. Und nun schlossen sich weitere Bekennende dieser Ansicht an, man war sich offensichtlich einig.

Der Schriftsteller hatte noch nie Menschen so uneingeschränkt reden hören, so ungeschützt Statements zur Affirmation ablegen sehen, zur dankbaren Angepasstheit, den Mut zum Äußern einer platten Karrieresucht. Und er begriff, dass diese Ärzte und Medizin-Funktionäre in jedem System sich genauso verhalten würden. Und dass mehr von vielen auch nicht zu erwarten ist. (Und dass vielleicht auch nicht mehr erwartet werden sollte.)
Als der Enttäuschte, der Nachdenkliche den Gebäudetrakt verließ, lief ihm ein Tagungsteilnehmer nach und sagte ihm, dass er ihm sagen möchte, er sei anderer Meinung. Immerhin. Einer.

DAS URTEIL

Im November 76 kam der Leiter des Mitteldeutschen Verlags ins Schwitzen. Gerhard Wolf und J. waren diejenigen im Pulk der etwa zwanzig Lektoren, die gegen die Ausbürgerung Biermanns protestiert hatten. Das Vergehen war umso problematischer, als solcherart Mitarbeiter auch politisch die Autoren positiv beeinflussen sollten – wie konnte das noch mit ihnen gehen? Nachdem einige sich ebenfalls engagiert habende Schriftsteller aus Redaktionen geflogen waren und der Westen mit Meldungen reagierte, wurde deutlich, dass eine Entscheidung auf höherer Ebene gefällt werden würde. Knapp ein halbes Jahr nach dem Eklat kam der Verlagsleiter im Korridor auf J. zu und erklärte: Wir werden dich und Gerhard nicht entlassen – die Partei hat beschlossen: Keine Märtyrer schaffen!
Er schien erleichtert.

DER FÜNFTE

Nach der ersten Sitzung des schriftstellerischen Zentralvorstandes, die der Biermann-Affäre folgte, gingen sie zu viert zu den Wolfs (J. hatte mit Gerhard Wolf noch einige Verlagsdinge zu besprechen), und den ganzen Weg lang erzählte de Bruyn, wie sehr er Christa bewundere, die sich einfach so vor die große Versammlung stelle und ihre Meinung sage, noch dazu so präzise, er bekomme schon Magenkrämpfe, wenn er nur daran denke, er sei für so etwas nicht geschaffen – und C. nahm die Huldigung des sie Verehrenden (anscheinend) gleichmütig entgegen. Während des ausführlichen Essens berichtete G. anekdotisch von den Autoren, die dem Staat neuerlich ihr Missfallen oder zumindest Distanz zeigen, und der Hilflosigkeit der Mächtigen, die mit Reisepässen um sich werfen, um die Störenfriede abzuwimmeln, Ärger von sich fernzuhalten, und der dreisten Gesprächsführung Hagers bei einer Begegnung mit Fühmann.

Die ganze Zeit putzte ein Mann die hohen Fenster des Wohnzimmers; es war für J. merkwürdig (unangenehm), mit einem „Bediensteten“ im Hintergrund am Tisch das Gespräch zu pflegen, zu debattieren (vielleicht auch der Gedanke, der könnte zur Staatssicherheit gehören).

HINTERGRÜNDE

Die Ausbürgerung des Liedermachers Biermann und der von ihm veranstaltete öffentliche Protest dagegen und die Kampagne gegen ihn und die anderen Petitionisten und der staatliche Druck auf die Unbekannten hatten Stephan Hermlin so getroffen, dass er den anstehenden Schriftstellerkongress, wie seine Mitstreiter, zu boykottieren gedachte. Da rief ihn sein alter Bekannter Erich Honecker an und bat ihn, doch zu diesem Kongress zu gehen (auch wegen der West-Medien: das musste nicht ausgesprochen werden). – Dann werde ich aber eine deutliche Rede halten, sagte Hermlin. – Mach das, aber komm, sagte Honecker.

Hermlin hielt eine Rede über deutsche Sprache und deutsche Kultur, die für ihn, so wurde deutlich, über Landesgrenzen hinweg wichtig sind und durch nichts zu verdrängen, und er, der Sozialist, bekannte sich zum (Bildungs-)Bürgertum. Dieses, auch als provokativ gedachtes Bekenntnis machte eine Reihe von Staatsverteidigern um jeden Preis so wütend, dass in einer besonderen vorherbestimmten Parteiversammlung, neben dem Kongressgeschehen, beschlossen wurde: Hermlin wird nicht für die neue Vorstandswahl aufgestellt. Und basta, Genossen!

Der Dichter war entsetzt und teilte das einer Gruppe jüngerer Autoren, die da im Gespräch stand, mit. Stellen Sie sich einmal vor, sagte er, ich, der ich die Verbandsnummer 02 habe (Anna Seghers hat die 01), soll so primitiv bestraft werden. Und mein Freund Kant sagt mir, er wolle mich nicht den Wölfen vorwerfen. Das ist doch empörend.

Einer dieser jüngeren Schriftsteller teilte das Faktum Volker Braun mit, der es sofort Eva Strittmatter mitteilte, die es sofort ihrem Erwin mitteilte, der sofort das höchstlich zuständige Politbüromitglied Kurt Hager anrief und ihm diese (sicherlich von Hager veranlasste) neueste Dreistigkeit mitteilte und dass er, sollte dieser Fall real werden, seine Bereitschaft für den Vorstand zurückziehe, öffentlich, und vielleicht dann nicht nur er (er stand zu diesem Zeitpunkt schon im Range eines Denkmals). Das so deutlich geäußerte Ansinnen machte den Politbüro-Intellektualen nun doch nachdenklich.

Und so mussten sich am nächsten Morgen alle Genossen Schriftsteller zu einer weiteren besonderen Sitzung im großen Debatten-Saal zusammenfinden (und alle bürgerlichen Kräfte mussten ihn verlassen), und es wurde ihnen mitgeteilt, dass Stephan Hermlin, entgegen dem gestrigen Beschluss, doch zu wählen ist, und zwar auf allerhöchsten Wunsch (oder wie immer es formuliert wurde). Und so geschah es.

VOM EINVERSTEHEN

Nach diesem ganzen Ärger um die Biermann-Ausbürgerung sollte beim nächsten Kongress der Autoren die Nähe von Politik und Literatur als Demonstrationsobjekt auf der Tribüne erneut und wie üblich sichtbar sein: in einer Front wechselten da oben brave Schriftsteller und (an)herrschende Politbüromitglieder einander ab.

In einer Pause trat einer der Präsidiumsschreiber an ein Pissbecken und erzählte ungefragt den Umstehenden, wie gut es mit den führenden Genossen geht und wie zufrieden sie mit dem Ablauf der Tagung, während er es selig laufen ließ, sind. Na, Gott sei Dank!

DIE ERWARTUNG

In einem Gespräch mit Christa und Gerhard Wolf klagte Hermann Kant über seine manchmal stille Verzweiflung als Präsident des Schriftstellerverbandes, die durch die Zusammenarbeit mit den Verantwortlichen der Staatsmacht immer wieder manifestiert wird.

Irgendwann meinte Christa W.: Aber du musst doch nicht.

Freilich hatte Kant, den auch die Eitelkeit führte, mit Empathie, mit Mitleid gerechnet, nicht mit dem Vorschlag eines derart direkten Auswegs. Er schien völlig baff, sagte G., ob dieser Möglichkeit.

DER FEINE UNTERSCHIED

Mitunter war zu glauben, dass Klaus Mann seinen *Mephisto*-Roman nicht in der Hinsicht auf den großen Schauspieler und Regisseur und zweifelhaften Menschen Gustav Gründgens geschrieben hat, sondern auf die Verbandspräsidenten Gisela Steineckert und Willi Sitte und Hermann Kant.

Allerdings war der wichtige Autor Kant nicht der, der, wie in Szabos Verfilmung, in einem Stadion von einem schreckenerregenden Scheinwerferlicht verfolgt wird, während auf den oberen Rängen der herrschende Klüngel hockt, sondern er saß selbst mit auf der Tribüne.

EINMAL DA DURCH

Edith Brandt war bei der halleschen Bezirksleitung der Einheitspartei die Verantwortliche für die Künste und die Wissenschaften und Mitglied des Zentralkomitees. Von Haus aus gelernte Speisenherstellerin, erinnerte sie an Lenins Wunsch, der Staat möge so organisiert sein, dass ihn (auch) eine Köchin regieren kann, was zu dem Zusatz von Aphoristiker Cwojdrak führte, wir lebten in einer Zeit, in der die Köchin noch nicht das Regieren erlernt hat, aber auch nicht mehr kochen kann. Trotzdem ließ sie in einem Staatsakt ihren 50. Geburtstag feiern: Es hatten von allen Künstlerverbänden und Theatern und Kinos und was immer nach Kultur roch Vertreter anzurücken und von allen Sektionen der Universität und sonstigen irgendwie wissenschaftlichen Einrichtungen, und am Ende dieser hunderte Meter langen Schlange der Geschenke-Überreicher hockte die Glucke und ließ, nach den freundlich unterwürfig gesäuselten Worten der Gesandten, die verschnürten Glückwünsche in einen großen Korb fallen.
Auch J., als parteiloses, kleinbürgerliches Demokratie-Alibi, hatte sich zum Kotau breitschlagen lassen, gehörte zur kleinen Delegation der Schreiber, und diese unvergessliche Peinlichkeit ließ ihn noch vor Ort zu dem Entschluss kommen: Was auch immer es für Folgen haben sollte – Nie wieder!

DIE NUANCE

Die hochhierarchisierte Funktionärin E.B. sprach einmal mit dem Leipziger Dichter und Frequenztechniker Peter Gosse über ein künftiges Großforschungszentrum zwischen Buna und Leuna, und (wie) selbstverständlich duzte sie den Genossen. Doch mehrmals, wenn die Hallenserin auf den zu ihrem Bezirk gehörenden Schriftsteller J., der zu ihrem Verdruss gegen die Ausbürgerung Biermanns ein Veto eingelegt hatte, zu sprechen kam, benutzte sie ihrem Gesprächspartner gegenüber ein distanziertes Sie, das sich erneut und wiederholt zum Du änderte, redeten sie weiterhin über das geplante Hyper-Projekt.

EIN ALLEINSTELLUNGSMERKMAL

Aber manchmal zeugte der immer wieder auftauchende Mangel doch ein Nachlassen in der Verhältnismäßigkeit. So konnte es passieren, dass literarische Großartigkeiten sehr kleine, gar minimalste Auflagen erfuhren, dafür aber, auch bei einem Fast-nicht-Vorhandensein von Papier, eine an ein Machwerk grenzende Zusammenbrauung ihren Nachdruck-Nachschub regelmäßig bekam. Es gab zum Beispiel im Mitteldeutschen Verlag einen sogenannten Goldenen Fond, der dafür sorgte, dass parteilich gutwillige, ja verpflichtete Autoren mit ihren Büchern nie unter ein Limit von 100 oder 50 verfügbaren Exemplaren rutschen dürfen, dass schon in der Vorausschau, in der konkreten Planung die Verantwortung dafür übernommen wird, dass ein derartiger Notfall gar nicht erst eintreten kann. Diese Bücher waren dann die schwer vermittelbare Ware, die den Buchhandlungen als Doppelpack aufgedrängt wurde, wenn sie nach Hemingway oder Stefan Zweig gierten.

DIE SEITEN

Einmal fand sich der Autor und Lektor Korall, als Sendbote des Mitteldeutschen Verlags, am Grab von Hans Lorbeer, dem Verfasser früher proletarischer Gesänge und einer Luther-Trilogie, und neben der Witwe und dem Bürgermeister von Wittenberg und einigen Parteien-Vertretern und Arbeiter-Greisen und dem Propaganda-Schriftsteller und sich als marxistisch verstehender Dogmatiker Otto Gotsche. Als sie eine Zeit lang des schweigenden Gedenkens da so gestanden hatten, hob Gotsche die rechte Hand als geballte Arbeiterfaust und zum kommunistischen Gruß und rief: Hans, wir werden dich nie vergessen.
Lorbeer, ein eher sanfter, verständnisvoller, stets um Ausgleich bemühter, bescheidener Mensch (und klein von Wuchs) wurde da gerade von einem alten Kampfgefährten und hundertfünfzigprozentigen politischen Holzhacker geehrt und vereinnahmt. Das war, sagte Korall, einerseits anrührend, andererseits makaber. Diese Widersprüchlichkeit, sagte er, die auch das Land teilte, diese Szene konnte er nicht mehr vergessen.

DIE ANDERE WELT

Zu einem Gedenk-Geburtstag Hans Lorbeers war auch sein langjähriger Verlagslektor eingeladen, und der fühlte sich in dieser langsam fröhlicher werdenden Runde von frühen Kampfgefährten und Jugendfreunden und delegierten und undelegierten Funktionären ganz wohl. Er hatte mit dem Schriftsteller an zwei Büchern gearbeitet und ihn zu einer Reihe Lesungen begleitet und als stets freundlichen und beinahe unscheinbaren Mann schätzen gelernt, und erst, als man um diesen großen Tisch herum auf die zwanziger Jahre zu sprechen kam und wie der, der Hans, mit Johannes R. Becher durch die Landschaft raste, auf einem Motorrad die Welt erobern, die die ihre ist beziehungsweise sein wird, wie er, mit seinem Organisationstalent, die Streiks anrührte und mit seiner Chuzpe verschiedenen Prozessen und Gefängnissen entwischte, mit einer Reihe parodierender Pseudonyme die Presse-Polizei an der Nase herumführte und die kuriosesten Schreibversuche unternahm und doch auch genügend Zeit fand, den Mädels den Kopf zu verdrehen, wisst ihr noch, die schöne Elli, auf die wir alle verrückt waren – und allmählich verstand der Lektor, dass er, trotz der jahrelangen gemeinsamen Mühen, nichts von diesem Mann wusste, dass da noch ein ganz Anderer gewesen ist, wie in einem früheren Jahrhundert lebend, ein, ja doch, Unbekannter.

Und der Lektor sah sich um in dieser Runde alter Männer, die anheimelnd war und doch seltsam fremd.

DER EINERSEITIGE

Otto Gotsche, einst Bergmann im mansfeldischen Revier und schreibender Arbeiter und Roman-Kolporteur und stalinistischer Kommunist, wurde Walter Ulbrichts Sekretär und eine der unverblümtesten (lumpen)proletarischen Stimmen, die sich denken lässt. *Die Linie der Partei* bedeutete ihm alles, und wer dagegen verstieß, der musste zumindest gevierteilt werden. Manchmal freilich schoss er über die *Linie* hinaus: Er sagte, was auf der Linie nur (heimlich) gedacht wurde: So verblüffte er bei einer Autorentagung des Mitteldeutschen Verlags, den nationalistischen Weg Ceaucescus betrachtend, mit dem Satz, dass man ja deswegen nicht alle Rumänen in ein KZ stecken könne – das brachte etwa zwanzig lange Sekunden Stille, ehe man sich fing und so tat, als hätte man nichts gehört. Als die erste Petition gegen die Ausbürgerung Biermanns bekannt wurde, entfuhr ihm, wegen der Unproportionalität des Anteils semitischer Mitbürger, der laute Seufzer: Wieder diese Juden. (Stepan Hermlin beschwerte sich bei Honecker.) Und als er in Wittenberg in einer Bürgermeisterrunde über die dämlichen Journalisten herzog, die es nicht schaffen, die Lutherstadt ausreichend und wirklich mitreißend in die Weltpresse zu bringen, wurde er darauf aufmerksam gemacht, dass er, vielleicht, mit dafür, und sei es nur ein wenig, verantwortlich ist, dass die Journalisten dieses Landes so einförmig einfältig langweilig schreiben, schreiben müssen – da war er doppelt verblüfft: Erstens, weil ihm jemand widersprach, zweitens, weil derjenige den Nagel auf den Kopf getroffen haben könnte.

Mein Otto ist halt ein Trampel von Gemüt, rief seine Frau lachend, und die Runde lachte, nach einem vorsichtigen Sich-Umsehen, mit und dachte gewiss: Wo sie recht hat, hat sie recht.

DER FAUXPAS

Anfang der achtziger Jahre war die gegenseitige Raketenaufrüstung so bedrohlich und so akut und aktuell, dass der Vorsitzende des bundesdeutschen Schriftstellerverbandes und der Präsident des DDR-Schriftstellerverbandes eine gemeinsame Friedensresolution verfassten und unterschrieben und in ernsten Worten alle auf diesem Planeten zum Mittun aufforderten. Dieses Ansinnen beherzigend, nahmen bei einem weltweiten Dichtertreffen im jugoslawischen Mazedonien die ostdeutschen Autoren Eva Strittmatter und J. und die westdeutschen Autoren Friederike Roth und Jürgen Theobaldy und Werner Dürrson an einem Tische Platz und teilten auf, wer mit wem spricht und um die Unterzeichnung bittet.
Als J. dann im heimischen Berlin stolz die lange Liste dem Sekretär des Schriftstellerverbandes zeigte und die Umstände erklärte, bekam der einen Tobsuchtsanfall. Das sehe doch nach deutscher Einheit aus, nach Verbrüderung mit dem Klassenfeind, und ob er denn nicht wisse, dass dieses Thema tabu ist? – Aber Engelmann und Herrmann Kant hätten doch auch … – Das sei eine ganz andere Ebene, eine diplomatische, die überhaupt nicht für einfache Mitglieder gelte. – Aber hier ginge es doch um Tod und Leben. – Ob er denn wirklich so blöd, so naiv sei – es ginge hier nicht um Tod oder Leben, sondern um etwas viel Wichtigeres, nämlich um die Disziplin.
Nun wusste er Bescheid. Und es blieb ihm dieses Gesicht voller Wut und Schmerz lange in Erinnerung.

DIE GESCHICHTE

Lothar Sell hatte bis dahin, neben seinen Gemälden und vielen Grafiken, eine Fülle kleiner Figuren geschnitzt, zumeist lebenspralle, leibesstrotzende Bauerngestalten, und dieses Ensemble muss verschiedenen, mit einer Stimme versehenen Gremien aufgefallen sein, im Laufe der Zeit, und als in Aussicht stand, dass Fidel Castro das Land besuchen wird, kam man auf die lobenswerte Idee, ein Schachbrett mit dieser Art Figuren/Figurinen bei dem Künstler zu bestellen.
Der kubanische Führer war so begeistert von dem Geschenk, dass er seinen Begleitschutz bat, Name und Adresse des Schnitzers herauszufinden. Ohnehin nicht für das Einhalten von Protokollmaßnahmen bekannt, tauchte er nun, sich bei den diversen diplomatischen Büros nicht abmeldend, für die nächsten Stunden in Berlin ab und tauchte, sozusagen illegal, bei dem höchst überraschten Sell auf. In der folgenden Zeit pafften sie dicke Zigarren und schwatzten und tranken und lachten, und der Bildner zeigte weitere Kunst, und Castro wurde immer begeisterter.
Inzwischen befanden sich die entscheidenden Stellen der Staatssicherheit auf enormster Alarmstufe, bekamen aber nichts mit noch heraus, und nach fünf sechs Stunden tauchte Castro wieder auf und war zu weiteren Gesprächen mit den ja ziemlich verkarsteten Politikern bereit und willens.
Wegen des ganzen Geschehens, der Panne, dem Eklat mussten hernach Fragen gestellt und Schlussfolgerungen gezogen werden – erstens: Wie konnte das passieren?, zweitens: Wer ist schuld?, drittens: Wer weiß noch davon? (Kann etwas durchsickern, zum Beispiel an die West-Medien?), viertens: Wie ist der

Vorfall zu reparieren?, fünftens: Wie ist Derartiges künftig zu verhindern?, sechstens: Welche Konsequenzen sind hier konkret angesagt – etwa im Hinblick auf den Künstler? Denn es war klar, dass Castro, wie man ihn kennt, anderen Staatsmännern diese kleinen Wunderwerke, die Schachfiguren zeigen und von dessen Erzeuger erzählen wird und dass es weitere Besuche Hochrangiger bei Sell geben wird. Also ist diese Person aus ihrem selbstzufriedenen Halbversteck in der Provinz herauszuholen, direkt ins Licht der Öffentlichkeit, ein Nationalpreis ist zu bedenken. Weiterhin ist die baufällige Hütte, durch deren Kellerräume ein Bächlein fließt, nicht nur aufzuhübschen, sondern abzureißen (wegen Einsturzgefahr) und an diesem Platz ein großzügiges Haus, ein kleiner Palast zu bauen, der auch die architektonischen Möglichkeiten dieses unseres Landes eindrücklich beweist. Und so geschah es.

Sell hauste nun in einem Vorzeigebau, in dem er sich fremd fühlte, die Presse berichtete über jeden seiner Schritte, die Freunde wurden immer misstrauischer oder blieben ganz weg, die Frau sah sich endlich mal richtig gewürdigt an der Seite ihres Mannes, sie spendierte den Journalisten Kaffee und Kuchen. Bald war Sell verzweifelt.

Diese Geschichte berichtete der exorbitante Zeichner Joachim John häufig und gern und gestand dann seiner Zuhörerschaft, dass sie irgendwann vom Tatsachenreport zum von ihm erfundenen und ergänzten Lügenmärchen wird. An welcher Stelle das passiert, ließ er offen, inzwischen für immer.

STAATSBESUCH 2

Nach der Ausstellungseröffnung der Gemälde- und Grafiksammlung, diesen zum Teil ziemlich kritischen und ironischen Bildern, und all den offiziösen und nicht offiziösen Gesprächen, fühlte sich eine Gruppe Güstrower Bildungsbürger animiert, den Maler in ein Nebenzimmer der Galerie einzuladen, um mit ihm über die Kunst und die Welt und die Politik zu reden. Und gegen Mitternacht war man doch tatsächlich bei einem Albtraum gelandet, dem Besuch des Bundeskanzlers in ihrer Stadt, und außerdem war da noch der Honecker, ja. Also so was nie wieder, nie. Sie wussten lange danach nicht, ob sie noch dieselben sind (ein bisschen übertrieben gesagt), nach diesen Tagen des Irrsinns. Es begann schon damit, dass plötzlich Malerkolonnen durch den Ort tigerten und bepinselten, was zu bepinseln ist, und Wände wurden repariert und Plakate aufgestellt, wo vorher nie ein Plakat zu sehen war, nur um kleinere oder größere Schandflecken unsichtbar zu machen. Und eines Tages bunte Pappen überall, ein Potjomkinsches Dorf. Und unvermittelt viele junge Männer in diesem charakteristischen kurzen Anorak, der sie sehr beweglich sein lässt, auch für Kampfeinsätze, sollte es nötig sein, es soll sich um viertausend gehandelt haben – die hiesigen Stasi-Leute wurden abgezogen, weil die vielleicht mit den Einheimischen irgendwas absprechen oder zu freundlich zu ihnen sind oder zu nachlässig gegenüber Verwandten. So mussten die Einwohner, wenn sie einkaufen gingen oder in ihre Häuser zurückkehrten, ständig den fremden Burschen den Ausweis zeigen oder was sie in den Taschen haben, es war schwierig, das Kind zur Schule zu begleiten oder zum Arzt zu gehen: überall Absperrungen. Als der große Vorsitzende dann mit Schmidt auf vorbereiteten Wegen durch die Stadt spazierte, trafen sie, glauben wir, nur auf Roboter-Menschen, künstliche, die so taten, als wären sie in Gespräche vertieft, eine einstudierte Kulisse, ein absurdes Theater, wie gesagt: Potjomkin.

Aber die verrückteste Geschichte, sagte ein Anderer, war die mit dem Feld. Die Strecke, auf der Schmidt anreisen sollte, wurde mehrfach abgefahren, und dann, kurz vor ultimo, ja, da entdeckte man überraschenderweise einen Acker, der noch nicht abgeerntet war, irgendwie vergessen, obwohl doch im *Neuen Deutschland* gestanden hatte: Die Ernte ist eingebracht. Wenn also der Bundeskanzler da langfährt und die Unordnung sieht, dann denkt er doch: Oh, die haben ja gelogen in ihrem Zentralorgan, die haben die sozialistische Landwirtschaft gar nicht wirklich im Griff – dann kann es passieren, dass er Falsches über unser Land und unsere Wirtschaft denkt und viel weniger beeindruckt ist, als er sein sollte. Und deshalb musste noch in der Nacht vor dem hohen Besuch, unter Flutlicht, die eisige Fläche bereinigt werden. Wir sind halt ein ordentliches Volk, tja, das sind wir.

DER IRRTUM

Als die Genossin Schrader, die junge Frau mit der vorgesehenen Nomenklatur-Karriere, zu einer Besprechung ins Parteihauptquartier eingeladen war, brachte sie ihre Freude darüber und ihr Schwung wie der Schwung des Fahrstuhls nicht in die entsprechende zweite Etage, sondern in die entschieden höhere – offenbar waren die Sicherheitskräfte nicht wirklich aufmerksam. Noch während der Suche nach dem richtigen Zimmer begegnete sie auf dem Flur dem Politbüro-Mitglied Kurt Hager, dem Chef für Kunst und Wissenschaft, und grüßte ihn höflich, doch der Genosse Hager ging schweigend an ihr vorbei. In dieser Verfassung, noch ein wenig verblüfft, sogar enttäuscht, sah sie das Politbüro-Mitglied Günter Mittag, den Chef der Wirtschaft, und grüßte ihn ebenfalls zurückhaltend, doch auch der Genosse Mittag sagte kein einziges Wort.

Endlich begriff sie, dass dieser Korridor der Macht nicht, noch nicht für sie gedacht ist und dass sie auf unterer Ebene ihre Gespräche führen sollte. Als sie dort erzählte, wo sie noch vor kurzem gelandet war, schlug man die Hände überm Kopf zusammen und fürchtete eine herbe Zurechtweisung. Und es wurden ihr die begangenen Fauxpas erklärt: Nicht nur, dass sie verbotenes Terrain betreten hatte, es ist auch so, dass man dort einen Kurt Hager oder Günter Mittag oder Egon Krenz nicht anspricht (einfach so), weil jene Tag und Nacht und auch die übrige Zeit, also gewiss ununterbrochen, an und über die Lösung aller Probleme denken und dabei nicht gestört werden dürfen – nur ihnen ist es erlaubt (wie in feudaler Ordnung üblich), die verbale Aufmerksamkeit deutlich zu machen, eine Anrede, ein Gespräch zu eröffnen.

SIPPSCHAFT

für Roswitha

Als der lange Zeit gutmütige, dann aber immer aufmüpfiger werdende und heftige Karikaturen zeichnende Genosse Werbegrafiker überraschend gestorben war, wurde der Genossin Ehefrau, nun Genossin Witwe noch auf dem Friedhof, von Vertretern der Partei wie der Betriebsleitung ihres Kombinates, nach der kurzen Beileidsbekundung, als Trost sozusagen, mitgeteilt, dass sie, angesichts der neu eingetretenen Situation (ohne Ballast Ehemann nunmehr) auf das Herzlichste zu einem klärenden Gespräch über ihre künftige Karriere auf Partei- und Betriebsebene eingeladen sei, nächsten Dienstag, zehn Uhr, wir freuen uns.
Ein bisschen wurde ihr übel.

DER PRÜFSTAB, DAS STÄBCHEN DER WAHRHEIT

Die Republik, so der weitgereiste Lyriker F., hatte ihre diversen staatstragenden Klubhäuser, in denen entscheidende Ereignisse, große Propaganda-Vorgänge abgewickelt werden konnten: sowohl der hauptstädtische Palast (auch Ballast genannt) wie der in Bitterfeld oder der vom Kombinat Buna oder der vom Kombinat Leuna gehörten zu dieser Riege, auch etliche Muster-Landwirtschaftsgenossenschaften hatten ihre markanten Einrichtungen – zwischen den Holztäfelungen der Wände fanden sich die Nischen für Film- und Fernsehkameras und die Beleuchtung, die Tonstudios waren hinter den Täfelungen platziert.

So war es auch im eher abgelegenen Neu-Holland, wo die nicht nur örtliche Bauernschaft und das landesweite Schriftstellertum in vorwärtsweisender kooperativer Art aufeinander- und zusammentreffen sollten und ihre gemeinsamen parteilichen Interessen, fokussiert in ideologisch bestimmten Übereinkünften, progressiv formulieren sollten. Doch außer Phrasen passierte gar nichts, einzig im Toilettenbezirk herrschte reges Treiben, man grüßte, rauchte, schwatzte, erzählte sich politische Witze, Bauern stellten ihre Töchter vor.

An einem der Pissbecken fluchte der Sekretär des Schreiber-Verbandes, der auch noch Schäfer hieß, ungeniert über die Scheiße, die hier gerade abläuft: beide Seiten hätten sich überhaupt nichts zu sagen, keiner interessiert sich für den Anderen, geschweige denn versteht ihn, und die Partei mit ihren Deppen steht hilflos daneben.

Dann schlug der Sekretär, wie man so einschlägig sagt, seine letztes, vom Alkohol ergänztes Wasser ab und stürzte zum Präsidium und hielt eine Rede darüber, wie großartig und direkt produktiv die Genossen Bauern und die Genossen Schriftsteller miteinander umgehen und dass heute eine wichtige Etappe und dass man bald wieder usw. usf.

Und seitdem, sagte F., glaubt er redegewandten Männern nur, solange sie ihren Schwanz in der Hand halten.

VOM KLASSENFEIND LERNEN

Einmal im Jahr lud ein Kreis von bildenden Künstlern und Schriftstellern den beredten Sekretär für Agitation und Propaganda der SED-Kreisleitung ein, damit dieser, vielleicht auch ein bisschen unkonventionell, das Neueste aus den Bereichen Ideologie, Wirtschaft, menschliches Problemverhalten und politische Pläne und Sorgen der Regierenden vorträgt und zur Debatte stellt.
Anfang der achtziger Jahre hatte, auf welcher Ebene auch immer, die herrschende Partei Taktiken der amerikanischen Tabakindustrie studiert, die dreißig Jahre zuvor zu nicht geringen Erfolgen geführt hatten. In die üblichen Spielfilme wurden sehr kurze, für das Auge des Zuschauers kaum oder nicht wahrnehmbare, aber im Unterbewusstsein sich siedelnde Zigaretten-Sequenzen eingefügt, der *Duft der großen weiten Welt* oder dass einer für eine *Camel* meilenweit reitet, und wenn das Publikum nach dem Film auf die Straße trat, hatte es ein ihm unverständlich verstärktes Raucher-Bedürfnis.
Mit diesen Erkenntnissen kam man auf die Idee, an einem Eingang der Stadt Dessau, von der Autobahn kommend und in den Kurven vor dem Zentrum die Fahrt etwas verlangsamend, Stelen unter die Hirnrinde funken zu lassen: *Der Sozialismus siegt!*, oder eine andere aktuelle Losung, so ein positives, ein staatstragendes, einverständlich nickendes Gefühl erzeugend, sozusagen mitgebend.
Und in diesem Kreis war niemandem zum, was sich eigentlich anbot, Lachen zumute.

DIESES WEST-VOKABULAR, DAS NEUE

Zur Geburtstagsfeier des Oberbürgermeisters war die Kreisleitung der Hauptpartei erschienen und diverse Block-Freunde und Vertreter vielerlei Kultur- und Sportorganisationen, und der Kleingartenverein war ebenfalls da. In dieser bald fröhlichen Runde kamen sie irgendwann darauf, dass ihre Stadt, natürlich auch dank der Bemühungen und Aktivitäten des gerade Geehrten, so schön und attraktiv ist, dass sie deutlich mehr in der Welt bekannt sein sollte, ein Anziehungspunkt selbst für Devisenbringer. Und im Überschwang schwärmte der Oberbürgermeister davon, dass die Werbekampagne eine professionelle PR-Arbeit sein müsste. – Was ist das: PR?, fragte der Erste Sekretär der Kreisleitung. – Das ist Public Relations, rief der Oberbürgermeister. – Und was ist Public Relations?, fragte der Erste Sekretär. – Und nun trat Stille ein: Niemand wusste, ob sich der Erste Sekretär noch erkundigte oder ob das schon ein Verhör war, ob sich der Oberbürgermeister gerade abgesetzt hatte. Und der Oberbürgermeister ruderte sich aus der Falle, er sagte, das sei so eine besondere professionelle, ideologische Propaganda-Art, ein Begriff, den er jüngst auf der Parteischule gehört hätte. Die leicht verschärfte Stimme des Ersten Sekretärs wurde nun wieder entspannter, gnädiger, er sagte: Na ja, wenn es dem Sozialismus nützt, und alle riefen: Es nützt, es nützt, und zogen ihren Oberbürgermeister noch mehr aus der Falle, und es waren nun die allgemeine Fröhlichkeit und der Geburtstag gerettet.

DIE LINIE

Einmal lud eine Autorenrunde den Kreisstaatsanwalt ein, um über die Probleme der Justiz zu hören und vielleicht sogar zu reden. Der Gesetzesvertreter zeigte sich bei Sozialfällen mitunter nachsichtig, auf dem politischen Feld jedoch rigoros, rigoroser als Vertreter anderer Gremien.

Gegen Ende des großen Vortrags und des kleinen Gesprächs fragte ein Schriftsteller, warum denn in unserer Presse, selbst in den philosophischen Zeitschriften, keine anderen, etwa westliche marxistische Ansichten zur Debatte gestellt werden.

Warum sollen wir feindliche Meinungen veröffentlichen?, fragte da der Kreisstaatsanwalt zurück.

Das wäre ein Missverständnis, sagte der Dichter, er hätte nicht von feindlichen, sondern anderen marxistischen Essays gesprochen.

Warum sollen wir feindliche Ansichten propagieren?

Der Autor wiederholte penetrant, was er meinte, nämlich nicht Feindliches, sondern Kooperatives, im Verbund, im Austausch, Belebendes, und der Kreisstaatsanwalt wiederholte, dass es etwas anderes Bedenkenswertes, etwas von außerhalb, nicht gibt, sondern nur Gegnerisches, zu Verurteilendes.

Nun endlich wusste der Autor Bescheid und fragte nicht mehr.

DIE KLEINE UNTERBRECHUNG

Der stellvertretende Kulturminister hatte einige Ansichten geäußert, die dem Land der straffen Politik im musischen Bereich einen Anstrich von Erneuerung geben könnten, galt aber nun für etwa zehn Tage als Abweichler, als einer, zu dem man sich nicht unbedingt bekennen sollte oder musste. Also grüßte ihn in diesen Tagen von seinen Mitarbeitern niemand, auch die Kollegen fernerer Abteilungen erkannten ihn auf den Korridoren (der kleinen Macht) nicht.

Nach diesen zehn Tagen kam das Signal, dass mit dem Genossen Keller wieder alles in der Ordnung ist, und daraufhin wünschten ihm, dem Verehrten, alle erneut und freudig einen Guten Tag. Und alle, auch Keller, taten so, als wäre es nie anders gewesen.

VOM ÜBERSCHREITEN DER GRENZE

Der Autor J. hatte in einem früheren Jahrzehnt, in den Vorstand des Schriftstellerverbandes gewählt, erlebt, wie das sechzehnköpfige Präsidium zustande kommt: Da zieht der alte und neue Chef unvermutet eine Liste aus der Tasche, liest die vom Politbüro abgesegneten Namen vor und fragt: Einverstanden?, und so ist das höchste Gremium, wie abgesprochen, en bloc durchgewunken.

Im Jahre 87, bei einem erneuten Wahl-Kongress, ahnte J., dass der gerade in Verschiss geratene Volker Braun nicht auf der ominösen Liste stehen würde und dass er achtgeben müsse, nicht den richtigen Zeitpunkt des Einspruchs bzw. der Ergänzung zu verpassen. Als also Hermann Kant die Namen vorgetragen hatte und die entscheidende Frage stellen wollte, rief er: Volker Braun als Vizepräsident, freilich ohne mit dem darüber gesprochen zu haben (er könnte ja ablehnen). Kant, überrascht, ließ sich herbei, über die Mitgliedschaft im Präsidium abstimmen zu lassen. Nun rief ein anderer Autor, dass da auch noch vom Vizepräsidenten die Rede war, worauf den *Aula*-Verfasser, mit der Aussicht, dies vor den Oberen verteidigen zu müssen, die Wut packte und er, das Gesicht rot anlaufend, schnaufte: Jetzt ist's aber genug.

In seinem zu früh geschriebenen Memoiren-Buch teilte Kant mit, dass er Heiner Müller und Volker Braun für die Genies der DDR-Literatur hielt und hält. An diesem Tag jedenfalls wusste er das gut zu verbergen.

TRUDE RICHTER

Er sah sie Mitte September im Pelzmantel den Vortragsraum betreten und die Heizung nach Wärme abtasten.
Sie war, als in Deutschland der Faschismus die Macht ergreifen konnte, nach Moskau emigriert, vormals Sekretärin des Bundes proletarisch-revolutionärer Schriftsteller, und wohnte dort in der Nähe des Hotels Lux mit ihrem Lebensgefährten Hans Günter. Der schrieb über das sogenannte Dritte Reich ein entscheidendes Buch, das von Dimitroff gefördert wurde, doch auch er geriet in die Mühlen der *Stalinschen Säuberungen*, und die sich in der Küche befindende Trude wurde auch mitgenommen und bekam, erst einmal, fünf Jahre Lager, wegen, üblicherweise, Trotzkismus. Nach Ablauf der Frist überfiel Hitlers Armee die Sowjetunion, und da konnte man eine Deutsche, ob nun Kommunistin oder nicht, nicht einfach so frei herumlaufen lassen (und sei es im fernsten Sibirien, am Ochotskischen Meer), deshalb noch einmal fünf Jahre, und als der Krieg zu Ende war, musste sie beim Wiederaufbau helfen, deshalb noch einmal fünf Jahre, und danach schlossen sich weitere fünf Jahre an, wofür, weiß keiner. Ein Brief an Anna Seghers kam dann durch, die hat sie heimgeholt.
Werner Steinberg hatte von dem Manuskript „Totgesagt", das diese Zeit beschrieb, gehört und Trude Richter um 1967 nach Dessau zu einer Lesung vor Autoren eingeladen, dort sah sie J., noch als Student. Später, als Lektor, erzählte er der Leitung des Mitteldeutschen Verlages von dem Projekt, und J. holte das Manuskript und die Leitung las und sagte: Oh, oh, oh. Da aber Trude Richter als gute Genossin bekannt war (eine halbe oder viertel Stalinistin: Es kann doch nicht alles umsonst gewesen

sein, sie konnte doch auch, als Lageristin, etwas für den Sozialismus tun, zum Beispiel Bäume fällen), schickte der Verlag die Papiere nicht zur Zensurstelle Kulturministerium, sondern direkt an das für solche Fälle zuständige Politbüro-Mitglied Kurt Hager. Der las und sagte: Oh, oh, oh, und teilte den Genossen der Leitung mit: Die Zeit ist noch nicht reif (für eine Veröffentlichung). Zehn Jahre später erinnerte der Lektor die Leitung, und die schickte erneut das Manuskript an Hager, und der blätterte auch einmal und teilte mit: Die Zeit ist noch nicht reif. Weitere zehn Jahre später erinnerte J. noch einmal, und noch einmal schickte die Leitung das Papierbündel an Hager, und nun, es war der Herbst 88, meinte er: Vielleicht. Und der Verlag bereitete den Druck vor. T.R. starb im folgenden Januar, hatte aber noch die Nachricht erhalten: Das Werk wird erscheinen. Es erschien, endlich, im Herbst 89, ging aber, wie es so heißt, in dem allgemeinen Trubel völlig unter.

Einmal, kurz vor Weihnachten, saß die kleine Frau auf dem Sofa der Leipziger Wohnung Härtelstraße und sang J.s Gefährtin und ihm das Lied vor, das die russischen Häftlinge sangen, wenn sie von dem einen Lager in ein anderes transportiert wurden.

Einmal, im hohen Alter auf ihre Schönheit angesprochen, sagte sie, sie wäre auch lange genug im Kühlschrank gewesen.

RÄTSEL

Wieder einmal hatte der Satiriker Dieter Mucke in einem seiner schon längst bekannten Rundumschläge Freund und Feind verletzt, die Ausbrüche und die damit verbundenen Anschuldigungen bewiesen sich als einfach dämlich, und seine Satiren waren nicht so gut, dass man ihm alles durchgehen lassen sollte. So beschloss der Vorstand des bezirklichen Schriftstellerverbandes, ihm eins aufs Haupt zu geben, einen Verweis wegen Unkollegialität, eine Rüge, vielleicht gar eine strenge, oder was auch immer. Das Wort *rausschmeißen* stand im Raum; einzig derjenige, der sich später als sein langjähriger Spitzenspitzel herausstellte, legte Widerspruch ein: Er wies auf die gerade schwierige Situation des Satirikers, sein deutlich angeknackstes Selbstbewusstsein, seine Veröffentlichungsprobleme, die familiären Konflikte, die hohe Lernunwilligkeit der einen Tochter – und er scharmützelte, er wüsste das alles, weil der sein Freund ist, und Freunden hilft man in der Not, er würde das übernehmen, sich kümmern, zu gegebener Zeit dem Vorstand berichten.

Der Spitzel war so überzeugend, seine Argumentation so sensibel, dass der Vorstand von Ermahnungen absah und es mit dem Raufbold-Schreiber noch einmal versuchen wollte. Später fragte sich K., warum sich Muckes Verteidiger so benommen hatte: War das eine besondere Perfidie, dass er ihn für sich zu behalten gedachte, reservieren, abschotten, ihn so außer Kraft setzen, für sich zurechtlegen, in der Hand haben wollte? Oder war ihm sein Objekt der Begierde ein wenig ans Herz gewachsen?

DIE ZEITWEILIGKEIT

In seiner Akte fand der Lyrik-Lektor, dass der Essayistik-Lektor jahrelang Berichte über ihn geschrieben hatte. Plötzlich fand sich eine Notiz, dass der Essayistik-Lektor von weiteren Meldungen absehen wolle, weil er den Kollegen inzwischen schätzen gelernt habe und auch der Meinung sei, dass er, nach intensiven Gesprächen, denselben politischen Ansichten zuneige, es käme ihm so vor, als würde er sich selbst bespitzeln.
Dann ist tatsächlich ein Vierteljahr Ruhe. Dann haben sie sich ihn offenbar richtig zur Brust genommen, und es geht die Berichterstattung weiter.

DER BEGLEITER

Das Urbild des deutschen Beamten ist ein Verantwortlicher oder sich als verantwortlich Fühlender des Brief- sowie des Paketverkehrs. Horst Deichfuß war tatsächlich Angestellter der Deutschen Post, die sich als sozialistisch verstand und deshalb auch Spezialist im wasserdampfunterstützten Kuvert-Öffnen war. Dass er sich stets kleinkariert gab, dürfte dem Klischee des Berufs entsprechen, aber dass er sich auch noch als Schriftsteller verstand, nur weil er ab und zu etwas zwischen Buchdeckel absonderte, könnte als dreist gelten.

Damit der Schreiber-Verband (der Provinz Halle) und der Verlag (der Mitteldeutsche) sauber bleiben und nicht etwa abweichlerisch verseucht werden, meinte er ab 68 auf verschiedene drohende Gefahren im Zusammenhang mit J. aufmerksam machen zu müssen. Seine Zuarbeit bekam ihre Regelmäßigkeit, als die Proteste gegen die Ausbürgerung des Liedermachers Biermann dem gesamten Staatssicherheitssystem zusätzlichen Schwung verliehen. Für 1982 gehörte es zu einem behördlichen Fünfjahrplan, bis Ende Dezember eine Entscheidung zu fällen: entweder, bei Gefahr feindlicher Gruppenbildung, den Kerl gänzlich zu isolieren und diffamierende Gerüchte in die Welt zu setzen, oder ihn allmählich aus dem zu beobachtenden Kreis unmittelbarer Staatsgefährder herauszunehmen. Ein längerer Auslandsaufenthalt ließ die Lösung des Problems überflüssig erscheinen, und so bekam der Genosse D. die Nachricht, von J. abzulassen. Das war für ihn das Zeichen, zur unmittelbaren, sogar zur deutlichen Freundlichkeit überzuwechseln und sie zu zeigen: er schrieb einige nette Briefe samt Lob über von J. Verfasstes, er schenkte ihm, als vermeintlichem USA-Kenner, ein Anweisungsheft für amerikanische Soldaten nach Kriegsende, das ihm als Gefangenem in die Hände gefallen war, er lud ihn ein, seine Steinsammlung zu betrachten, er besorgte dem Philatelisten J. einen besonderen Poststempel.

Aber, aber: im Frühjahr 89 wurde er wieder aktiviert, er bekam das Signal, die Spur erneut aufzunehmen. Da schrieb er eine lange Aktennotiz, wie sie deutscher und postbeamtlicher nicht sein kann. Er erinnerte daran, dass er schon vor 21 Jahren maximal gewarnt hatte, das wolle er hier sehr deutlich festhalten, und beschwerte sich über den leichtfertigen Verein Stasi, über die zeitweilige (immerhin mehr als sechs Jahre) Unterbrechung seines Beobachtungs- und Melde-Auftrags, er war höchst ärgerlich, war sauer wegen der verlorenen Jahre.

DIE ZUSAMMENFASSUNG

Die Beobachtungs-Akten der hiesigen Bevölkerung, sagte J., sollen eins Komma acht Kilometer lang sein, wenn man sie nebeneinanderstellt (so lange Regale gibt's gar nicht, selbst im sich aufplusternden Monopolkapitalismus nicht, sagte der eine Scherzbold in ihm, der andere: Haben die das wirklich alles gelesen?, und der dritte: Was für eine Kraftverschwendung und von Zeit und Geld und Leben – sollte die nicht bestraft werden wegen Vergeudung von Volkseigentum?)

Aber natürlich gab es auch Wichtiges für den Staat zu erledigen: Also bekam der Genosse Schriftsteller Deichfuß den Auftrag, eine mögliche Annäherung des als dissidentisch erkannten Dieter Mucke mit einem als dissidentisch erkannten Lyriker zu verhindern. Da sich Deichfuß Mucke in den letzten Jahren angedient hatte, konnte er dem glaubwürdig vorlügen, der andere Lyriker (auch als Schandmaul bekannt) habe sich über Muckes eine Tochter und deren Lebensprobleme öffentlich lustig gemacht. Der zur Cholerik neigende Mucke fragte bei dem anderen Lyriker nicht nach, sondern schickte ihm ein Gedicht, welches hieß *Der Arsch mit Ohren*. Der Lyriker, der gar nicht wusste, dass Mucke Töchter hat, war sehr erstaunt ob der unverschlüsselten Botschaft und fragte ebenfalls nicht zurück, sondern dachte nur: Das Arschloch bist du, Hysteriker, und grüßte ihn nicht mehr.

Erst Jahrzehnte später sah der Lyriker den Vorgang dokumentiert samt Kopie der ominösen Gedicht-Karte, und zum Abschluss den sehr knappen Satz: Es hat geklappt.

EINE MITTELDEUTSCHE ERZÄHLUNG

Die Staatssicherheit war der Meinung, dass sie bei einem so schönen Theater und einem so aufregenden Programm und einem so beliebten und tatkräftigen Intendanten, der gleichzeitig noch Schauspieler ist, auch schon im Vorhinein gern informiert wäre, was sie demnächst an Überraschungen erwarten würde, und dazu kleine Hinweise zu geben, wäre der Dramaturg mehr als jeder andere geeignet, und da ein Dramaturg genauso viel politische Verantwortung trägt wie ein Intendant (der aber entlastet werden muss), sollte er überlegen, ob er nicht der einzig Richtige sei, der schon frühzeitig Auskünfte zu geben in der Lage ist und wie sich die Schauspieltruppe dazu verhält. – Wozu?, fragte der Dramaturg. – Na, zu allem, sagte der Werber. – Und der Dramaturg sagte, das müsse er sich überlegen, erst einmal. Das sei verständlich, sagte der Werber, aber überlegen Sie nicht zu lange. Der Dramaturg erzählte das seinem Intendanten, und der Intendant sagte: Na gucke da. Und dann überlegten sie, wie sie diese Anfrage künftig gemeinsam bearbeiten, und so ging der Dramaturg auf den Auftrag ein, und so hatten sie alles unter Kontrolle. Als aber nach der Wende diese Tätigkeit des Dramaturgen aufflog, konnte sich der Intendant sodann nicht mehr so recht erinnern.

ANGESCHMIERT

Als Erich Honecker bei einem Halle-Besuch im Gästehaus der Bezirksleitung auf dem Heine-Felsen, einem Hügel am Saale-Ufer, ankern sollte, wurden als Vorbereitung alle Schleusen geöffnet und wahre Sturzfluten schossen die Gassen hinunter, um sie ein für alle Mal, so schien's, zu reinigen. Danach fuhr man mit Pinsel- und Walzmaschinen die Häuserfronten des zuführenden Geländes ab, übertünchte die maroden Fassaden in Augenhöhe, das heißt im Blickfeld des Obersten in der vorbeirauschenden Staatskarosse. So sah H. recht nah eine erstaunlich bunte Republik.

DIE ZWEITE FASSUNG

J. hatte in einer Prosaminiatur Erik Neutschs Erzählung nachgeschrieben, wie er am 9. Oktober (89), von einer Sitzung der Partei-Bezirksleitung kommend, ahnungslos auf dem halleschen Marktplatz in die Montagsdemonstration gerät und plötzlich vor einen erhobenen Polizeiknüppel.
Als der Text veröffentlicht wurde, war Neutsch diese Ahnungslosigkeit doch etwas fatal, und er wollte den Bericht, wie er am Telefon erklärte, korrigiert haben: Er kam also nicht zufällig zu der Demonstration, sondern hatte sich aus der Bezirksleitungs-Sitzung bewusst ausgeklinkt, um mit den Werktätigen zu diskutieren und um sie von ihrem falschen, wenn auch vielleicht verständlichen Weg abzubringen. In dieser Phase erster heftiger Auseinandersetzungen arbeiteten sich die auf die Demonstranten einschlagenden Polizisten auch dem Genossen Neutsch entgegen, der mit den Übrigen in eine Ecke gedrängt wurde. Überraschend sah er vor und über sich einen hiebfesten Gummiknüppel und das ingrimmige Gesicht eines Volkspolizisten, und er sah schon die Waffe niedersausen und sich blutüberströmt am Boden liegen (immer diese übertriebene, leicht hysterische Fantasie der Intellektuellen oder Schein-Intellektuellen), und da schrie er in seiner Not: Ich bin aber Nationalpreisträger, was den Vertreter staatlicher Macht tatsächlich innehalten, die Hand gen Himmel gerichtet, und dann abdrehen ließ.

DIE PRIVATE SEITE

Als am 9. Oktober in Halle immer noch auf die Demonstranten wie verrückt und brutal eingeprügelt worden war, gingen Tage später zwei Dichter zum in der Stadt weltberühmten Nationalpreisträger, um ihn um ein Signum unter eine Petition zu bitten, die sich für eine friedliche und zivilisierte Diskussions-Kultur einsetzt und fragten gleichzeitig nach, ob er nicht am nächsten Montag selbst auf der Tribüne sprechen wolle. Das allerdings sei nicht möglich, sagte er, der Jahrzehnte vom Klassenbewusstsein und Klasseninstinkt und von der Klasse überhaupt gepredigt hatte, denn am nächsten Montag habe er für seine Datsche in Mecklenburg einen wichtigen Handwerkertermin, den er schon zweimal verschieben musste, ein drittes Mal ginge nicht, sie wüssten ja selbst, wie schwer solche Termine zu bekommen seien.

GENOSSE A.

Einmal, zur Eröffnung einer Ausstellung Uwe Pfeifers, der mit seinen Tristess-Neustadt-Bildern nicht die Herzen aller Parteifunktionäre erfreute, entrutschte einem eher simplen Offizier der Staatssicherheit hörbar laut der Satz: Den schnappen wir uns auch noch.

Freilich ließ die Wende offen, wer wen.

AUFGESCHOBEN (NICHT AUFGEHOBEN)

Der Direktor des Jugendforschungsinstituts, der hauptsächlich für die alles geheim haltenden Panzerschränke arbeitete, war mit dem Politbüro-Mitglied Egon Krenz befreundet, und der sagte ihm am 10. Oktober, er solle sich mal morgen die abendliche *Aktuelle Kamera* anschauen, da würde etwas Entscheidend-Neues berichtet. Dies sagte der Direktor auch einem nahen Kollegen, und der sagte es dem Autor J., und der seiner Frau, und so guckten die vier am 11. die Nachrichtensendung, aber in die Röhre, denn die war wie immer: stupid.

Der ins Auge gefasste Palast-Putsch, die Absetzung Honeckers, fand erst eine Woche später statt, für das Manöver waren offensichtlich noch nicht alle Weichen gestellt.

DAS MENETEKEL

Als der vom Stadtparlament, erstmals gewählte und nicht einfach ernannte Bürgermeister sein nunmehriges Dienstzimmer betrat, sah er an der gegenüberstehenden Wand einen deutlichen viereckigen, kahlen Fleck. Er vermutete, und er vermutete richtig: er fand hinter einem Schrank das übliche Bild des einstigen Staatsratsvorsitzenden und Generalsekretärs vor blauem Hintergrund. Da der Fleck ihn irritierte, hängte er, vorläufig, das Bild rückwärts wieder auf, die Pappseite passte zur Tapete.

DAS WORT BÜROKRATIE

muss nicht nur mit abstoßendem oder verfeinertem Stumpfsinn verbunden werden, es kann auch zeigen, dass selbst hinter behördlichen Schreibtischen lebhafteste Fantasie sich äußern kann. Als der nach der Wende sein Amt antretende neue Bürgermeister die etwas leer wirkenden Aktenschränke inspizierte, fand er unter den vielen, mit ausgemergeltem Blaupapier produzierten Durchschlägen die Protokoll-Kopie einer Stadtratssitzung, die erst im nächsten Monat stattfinden sollte. Von den zwölf zu behandelnden Punkten waren acht schon mit dem jeweiligen Abstimmungsergebnis versehen (einmütig angenommen), bei vier, möglicherweise weniger wichtigen Punkten war der Platz für fünf noch einzutippende Zeilen freigelassen – da war das Ergebnis noch offen, da konnte noch Debatte stattfinden.

WENN'S SO DRIN IST

Nach der Wende änderte sich manches, doch nicht alles, und manches schwer. Der jüngst zum Kulturamtsleiter Deklarierte fügte sich bestimmten Riten, zum Beispiel dem gemeinsamen Frühstück um acht Uhr. Es folgte eine friedliche halbe Stunde, in der wie nebenbei besprochen werden konnte, was an diesem Tage so anliegt und was vorrangig zu bearbeiten bzw. zu erledigen ist. Doch am nächsten Dienstag stellte der Neue eine merkwürdige Unruhe fest: Ein Mitarbeiter ging plötzlich hinaus, blieb nur kurze Zeit draußen, kam ratlos wieder herein, schüttelte den Kopf und setze sich. Wenig später erhob sich ein Anderer, verließ den Raum, kam zurück, guckte irritiert, zuckte mit den Schultern, setzte sich. Dann ging eine Mitarbeiterin.
Dies wiederholte sich am folgenden Dienstag, und dann erneut, bis der Amtsleiter erfuhr, dass immer dienstags eine lange Schlange vor dem Kulturamt stand und sich die notwendigen Druckgenehmigungen holte. Nun aber stand niemand mehr im Korridor, doch die Büro-Vertreter (die vielleicht, insgeheim, noch immer auf ein verirrtes Schaf hofften) hatten ihre Schwierigkeiten, sich damit abzufinden, loszulassen, in einen anderen Arbeitstakt zu kommen.

DAS RUNDUMPAKET

Als nach der ersten demokratischen Wahl im Osten der Weg frei wurde für die zeitungsinteressierten Konzerne DuMont, Springer, Gruner + Jahr etc., hatten sie ein Auge (oder zwei) gerade auf die SED-Blätter geworfen, weil die die höchsten Abonnenten-Ziffern auswiesen. Freilich mussten sie in nächster Zeit begreifen, dass einige ihrer Redakteure und Berichterstatter wegen ihrer vor kurzem noch abgelassenen, peinlich huldigenden Beiträge höchst unbeliebt beim Volke waren, und so schickten die neuen Herren einen Teil ihrer frisch erworbenen Mitarbeiter auf Tournee. Die Dessauer Dependance, zum Beispiel, sandte einige Vertreter ins zwanzig Kilometer entfernte Köthen, die Leitung dort wimmelte entsprechende Kandidaten ab ins wiederum zwanzig Kilometer entfernte Bernburg, die expedierten ihre Adepten ins mehr als vierzig Kilometer entfernte Zerbst, die schickten eine Delegation ins noch entferntere Wittenberg, worauf die Lutherstädter einen Ausweg sahen, wenn sie Dessau ins Blickfeld nehmen, wodurch übrigens eine Reise im Kreis der einstigen anhalti(ni)schen Fürstentümer schon überschritten war, eine Zirkulation, die leicht durch die Linie Bitterfeld/Wolfen, Halle, Merseburg und das Burgenland ergänzt werden konnte. Die Leser glaubten tatsächlich, sagte ein Jugendfreund und Journalist dem J., die neuen Eigentumsverhältnisse hätten auch neue Wahrheitsverkünder gebracht, es waren allerdings die alten – aber gewiss doch lernwilligen, das muss man, der Hoffnung zuliebe, zugestehen.

III: VON DER AUSBEUTUNG

Im Kapitalismus herrscht die Ausbeutung des Menschen durch den Menschen, und im Sozialismus ist es genau umgekehrt.
Warum steht im Sozialismus der Mensch im Mittelpunkt? Damit man ihm von allen Seiten in den Arsch treten kann.

JA. ODER JA

Der Verantwortliche der Betriebsgewerkschaftsleitung sagte dem Schriftsteller, der einen Vertrag zur Unterstützung kultureller Ambitionen hatte (weil ihn diese andere Welt interessierte), ziemlich erbost, dass er sich entscheiden müsse: es gehe nicht, als Gast an allen Leitungssitzungen teilnehmen zu können (und auch noch Interna zu erfahren) und andererseits bei einer Vollversammlung dagegenzureden, dass die Arbeiter ihre Kabarett-Texte für eine Betriebsfeier zuvor der Gewerkschaftsleitung vorlegen müssen – ja, wo kommen wir denn da hin, das ist doch Anarchie. Da könnte ja jeder Arbeiter über jeden Direktor oder Funktionär herziehen, wie er will, und das Chaos wäre da. Also entweder er beziehe strikt den Klassenstandpunkt und anerkenne die führende Rolle, oder er müsse sich einen anderen Dummen suchen. Politische Arbeit ist doch keine Spielwiese, Kollege!

HINWEISE

Die Ausstellung ihrer neueren Werke im Klubhaus Leuna war eröffnet, alle Lobesreden gesprochen, der Sekt gereicht, und sie war glücklich. Und dann kam sie mit einem jungen Gewerkschaftsmann ins Gespräch, der war ebenfalls glücklich (und froh), denn er ist, wie er ihr beim zweiten Bier sagte, vorgestern Kandidat der Arbeiterpartei geworden, und er erzählte, was er beim Aufnahme-Akt alles gefragt wurde und was er sich vorgenommen habe für die Parteigruppe und für sein Leben. Danach erzählte sie ihm, dass sie aus einer alten Kommunistenfamilie im Sudetenland stamme und wie es ihrer Verwandtschaft 1945 ging, und sie fragte ihn, ob er schon mal vom Hotel Lux gehört habe und den Gulags und den Richtungskämpfen in den zwanziger Jahren und den sogenannten Sozialfaschisten und von Rosa Luxemburgs Kritik an der russischen Revolution? Sie sah ein zunehmendes Flackern in seinen Augen und dass sie ihm etwas von seiner Freude genommen hatte, und er erwiderte, dass er sich nicht mit ollen Kamellen herumplagen wolle, sein Blick sei nach vorne gerichtet, im Vorwärtsgehen die Probleme lösen, das sei seine Meinung. Sie kannte die Formel längst und sagte trotzdem: Na gut, das ist auch eine Haltung. Er stand auf und ging.

Am nächsten Vormittag rief sie ein Mitglied der Klubhausleitung an und sagte, dass es eine Beschwerde über sie gäbe, die noch verfolgt werden müsse, er bedauere, dass sie offenbar über weniger Menschenkenntnis verfüge, als er glaubte, und er fürchte um den Realismus in ihren Bildern, wenn sie sich weiterhin in einer so unparteilichen Welt bewege.

Die Malerin sagte endlich: Ich habe verstanden.

DAS KURZE GESPRÄCH

Der Grafiker hatte gediegene Holzschnitte gefertigt und der Dichter gediegene Verse, und bei der Eröffnung der Ausstellung dieser schön gerahmten Arbeiten im Klubhaus gab es aufmunternde bis feierliche Ansprachen und Urkunden und Beifall.

In der Sektpause näherte sich dem Lyriker ein junger Arbeiter und fragte ihn, warum er nicht auch über das Produktionsquecksilber und die Bedingungen beim Karbidabstich und die elendige Luftverschmutzung geschrieben habe, er hätte, seit Jahren, ziemlich erhebliche Gesundheitsschäden. Der Schreiber sah sich aber nicht in der Stimmung und stellte auch in Frage, ob da ein Zusammenhang –, und er wollte dem Arbeiter nicht sagen, wie aussichtslos es ist, darüber zu berichten, und er wimmelte ihn ab.

Aber er vergaß ihn nie mehr.

DIE MÄNGELBEHEBUNG

Einer der Buna-Direktoren, nämlich der vom Bereich Elaste, sah, dass sein Pkw namens Wartburg einige lackzerstörende Rostflecken zeigte, und er wollte dies nicht, wie viele andere, einfach hinnehmen, als er merken musste: der Markt der *tausend kleinen Dinge* ist rostschutzmittelfrei. Er bat also sein Forschungslabor, kurzzeitig von den als national wichtig deklarierten Vorhaben etwas abzulassen und sich seinem Problem (das ja nicht nur seines war) zu widmen, und das taten die Kollegen im Denken an sich selbst auch gern. Nach einiger Zeit hatten sie tatsächlich eine erfolgversprechende (westlichen Mustern nachempfundene) Mischung zusammengebraut, die freilich im größeren Maßstab überprüft und so für den allgemeinen Verbrauch vorbereitet werden musste. Da sich eine geeignete Gerätschaft im Betrieb nirgends fand, musste ein gerade abgestellter Flüssigkeitswaggon der Bahn herhalten, der mit den entsprechenden Ingredienzien gefüllt wurde. Allerdings müssen die Stoffe, sollen sie ein nützliches Ganzes, eine sinnvolle Mixtur ergeben, oftmals und in jeweils festzulegender Weise gerüttelt und geschüttelt werden – wie aber soll das in diesem Falle gehen? Also wurden sechs Verkehrsarbeiter beauftragt, den Waggon einen Tag (ihre Schicht) lang hin und her zu ziehen und durch plötzliche Stopps den Vermengungscharakter ihrer Bemühungen zu erhöhen. Als dies getan war (mit Murren, die Arbeiter sprachen von Mittelalter), wurden die geeigneten Fläschchen gesucht, die verfüllt werden sollten, und geeignete Wege des Vertriebs – hier allerdings meldete sich die Abteilung Warenkontrolle und machte deutlich, welche vielen Monate es dauert, bis ein neues Produkt in diesem unserem Lande überhaupt genehmigt wird und dann noch für den Markt, wie viele bürokratische Hürden, wie viele Stolpersteine existieren, dies zu verhindern – denn alles Neue ist ein Wagnis, einzig das Ungetane bedeutet Sicherheit, und noch dazu das Risiko einer Substanz, die möglicherweise eher Autos frisst, als sie heilt usw.

Wie also sollte der „Das Licht der Welt erblicken"-Prozess verkürzt werden? Nach vielem Bedenken kam der persönliche Referent auf die Idee, zum nächsten Treffen der Generaldirektoren mit dem Politbüromitglied für Wirtschaft, dem Genossen Mittag (das heißt zum Befehlsempfang derjenigen bei demjenigen), sollten für einen jeglichen zwei Gläschen der zu begehrenden Flüssigkeit mit demgemäßer Reklamierung und ganz für den eigenen Gebrauch zur Verfügung, das bedeutet: gleich neben das Tischwasserglas, gestellt werden, und bei entsprechender Rückkopplung könnte die Macht der Generaldirektoren, ihr freundlicher Zuspruch genügen, die anstehenden Genehmigungsverfahren deutlich zu minimieren. So geschah es, und schon ein Vierteljahr später hatte die Republik ein Schutzmittel, das keiner mehr für möglich gehalten hatte.

DONNERHALL

Eine der landesüblichen Losungen hieß: *Mein Arbeitsplatz – mein Kampfplatz für den Frieden*, und die aus Papierbögen ausgeschnittenen *Friedenstauben* à la Picasso füllten oftmals die Schulfenster, *Frieden und Sozialismus* wurden zur Einheit erklärt, aber das Militärische (Preußische) war doch deutlich deutlicher: In allen Jugendorganisationen bis weit in die Erwachsenenwelt bestimmten die *allzeit bereiten* kriegerischen Parolen das Feld, und wenn der erste Frost sich ankündigte, ein plötzlicher Kälteeinbruch, änderte der stellvertretende Generaldirektor Liesicki *schlagartig* sein Vokabular. Er schrie vor den Abteilungsleitern von gewaltigen Winterschlachten, die auf sie zukämen, von Fronten, die zu halten seien, von Etappensiegen, die errungen werden müssten, im Vorwärtsschreiten seien die Probleme zu lösen, und er scheute sich nicht, große Begriffe wie Kriegskommunismus und Notgemeinschaft in eins zu bringen, er fuchtelte mit Worten wie mit Schwertern, und die Abteilungsleiter duckten sich manchmal, auch der Journalist M. in der letzten Reihe, als könnte die nächste Lanze sie treffen.

DIE HEILUNG DES VERFAHRENS

Und was berichtete das Kreisleitungsmitglied? Es sprach, anonym bleiben wollend, von einem Kuriosum: denn in dem Chemie-Werk standen wieder einmal Wahlen innerhalb der Einheitspartei ins Haus, und die übergeordnete Leitung war offensichtlich nicht daran interessiert, sich vorwerfen zu lassen, sie übergebe derartig Wichtiges etwa blindlings dem Zufall, sie hätte nicht alles fest im Griff – nein, sie bereitete alle rituellen Vorgänge und Absprachen bis ins Kleinste vor und verteilte die Namen der zu Wählenden bei einer Sitzung in einer Satzung an zwanzig gute, verlässliche Genossen, sodass dann während der Zeremonie, der Wahl des neuen Gremiums, das dem alten völlig gleichen sollte, spontan von einem jeglichen Beauftragten der festgelegte Name „seines“ Kandidaten in die große Runde gerufen wurde.

Also der Saal war am vorgesehenen Tag festlich geschmückt, verschiedene Grußadressen wurden verlesen, lange Reden gehalten, Beifälle gespendet und in den Pausen Fröhlichkeit verbreitet. Endlich begann die spannende Wahl, und eine Reihe Namen wurde vorgeschlagen, und zu dieser gründlich und lange vorbereiteten Nennungsliste meldete sich auch ein junger Arbeiter, und zwar heftig, von dem die Wahlleitung wusste: der war keiner der Beauftragten. Sie tat, was sie tun musste: sie übersah ihn. Und weitere Namen wurden gerufen und weitere, und man war bei neunzehn; nur einer fehlte noch, aber der kam aus keines Genossen Mund, und eine deutliche Pause entstand. Da meldete sich erneut der unvorhergesehene, der unerwünschte Jungmann, und erneut wurde er übersehen, und die Wahlleitung schaute und schaute. Doch kein Beauftragter zuckte auch nur,

keiner jubelte den fehlenden Namen aus seiner Kehle, und nun, nach diesem schier endlosen Schweigen, konnten die rituellen, für die Rituale Verantwortlichen nicht länger den Fortgang der erwarteten Handlung blockieren, und sie forderten den auffallend mit den Armen wedelnden Naivling auf, zu sagen, was er zu sagen hat, und der rief den Namen seines Abteilungsleiters, weil er den klasse findet. Die Abstimmung konnte beginnen.
Das Ergebnis war: Der junge Arbeiter, der offenbar nichts vom Parteileben wusste oder begriff, war glücklich, doch die Wahlleitung war sauer, die übergeordneten Gremien waren sauer, der gewählte Abteilungsleiter war sauer – er wollte nie und nimmer in diesen Schlafmützen-Verein, wie er vertraulich verkündete, und er nahm sich den Komsomolzen zur Brust, den sich auch die Leitung zur Brust nahm und belehrte, und der, der eigentlich den zwanzigsten Namen rufen sollte, aber krank geworden war, das wiederum nicht *durchstellen* ließ (er entschuldigte sich mit Fieber), bekam einen Verweis, woraufhin er beleidigt schwor, sich nie wieder auf so etwas einzulassen, bei aller Liebe, Genossen.
Doch, wie schon Hölderlin lebensumtriebig sagte: Wo aber Gefahr ist, wächst das Rettende auch, und einige Wochen nach dem als turbulent empfundenen Geschehnis fand sich eine der Weisheit nähernde Lösung: Der unmutige Abteilungsleiter wurde zu einer fernen Expertenkommission delegiert und deshalb, aus Zeitgründen, von seiner Leitungsfunktion entbunden und der eigentlich Vorgesehene, der Zwanzigste, kooptiert. Doch damit Solches nicht noch einmal passiert, wurden spezielle Punkte der Verfahrens-Sicherheit beschlossen, und es verstand sich von nun an als selbstredend: ob krank oder nicht, solange nicht der Kopf ab ist, hat der Beauftragte zu erscheinen und den richtigen Namen deutlich zu nennen.

IM KREIS

Wie unter den Priestern das Trinken des Messweins zur festen Gewohnheit werden konnte, machten die vielen Einweihungsriten und die Versammlungsanlässe und Nachfeiern und internen Besprechungen eine Reihe Parteisekretäre zu Alkoholikern.
Dieses Handzittern am Glas, verbunden mit anderen Unzulänglichkeiten, sprach sich unter den Belegschaften herum, und wenn es der Letzte im Betrieb wusste, musste dem Verantwortlichen ein anderes Werk zugewiesen werden; und wenn dort, nach einigen Jahren, alle Bescheid wussten, wurde ein weiterer Arbeitsort für ihn gesucht, und, wenn nötig, noch einer. Aber dann war Schluss. Denn dreimal Umsetzen wurde, im Laufe der Dezennien, zur relativ festen Größe, doch ein viertes Mal gab es nicht – hernach schied der Delinquent aus dem Kreislauf, er fiel in ein tiefes Loch, er musste zur Gewerkschaft oder, noch schlimmer, wieder richtig arbeiten.
Manchmal, bei Delegiertenkonferenzen, kamen die Parteisekretäre abends zusammen, und in den Gesprächen stellte sich heraus, dass viele von ihnen viele Betriebe kennen, es schien unter ihnen eine Art Weltläufigkeit zu geben.

VERFLECHTUNGEN

Immer, wenn eine Brigadefeier, ein gemeinsamer Ausflug, avisiert war, musste, besonders im Bereich Kalk in Buna, nicht lange darüber nachgedacht werden, wie das dafür nötige Kleingeld *zusammenzukratzen* war. In der Zwölf-Stunden-Nachtschicht zog eine Abordnung los, um bei den bekannten meterdicken Rohren anzuklopfen und eine ausreichende Spende zu erbitten. Das Anklopfen geschah mit einem ziemlich schweren Vorschlaghammer, und wenn die Arbeiter wussten: nun ist genügend Quecksilber von den Wänden ins Knie der Rohre gefallen, wurde die Knieklappe geöffnet und es konnte mehrere Pfund stark quecksilberhaltiger Schlamm mit den Händen, seltener mit Spachteln herausgezogen werden. Und dann ging's zum nächsten kompakten Rohr. Und hernach trennte zumeist einer der Älteren aus der schmutzig-wässrigen Masse die silbrigen Kügelchen, und wenn dann etwa zwei Kilo des edlen Metalls an einer Sammelstelle des Kombinats, die das Spiel mitspielte, abgeliefert werden konnten, war die nächste Sause gerettet. (Und zu allen Vorratsgängen nahmen sie den Journalisten M. mit, sie waren stolz darauf, so clever zu sein.)

So erkauften sich die Kumpels ihren Frohsinn, ihr Besäufnis mit vorherigem Operettenbesuch mit einem Quantum Gesundheit, mit angefasstem und eingeatmetem Gift. Über die Folgen wurde nie gesprochen.

DAS HILFSPAKET

Die höchst lebendige, den Laden schmeißende Chefsekretärin sagte dem Journalisten, den sie seit Jahren kannte, gegen Ende eines Betriebsfestes, dass ihm gewiss mancherlei an hiesigen Produktionsschwierigkeiten und Ressourcenmängeln bekannt sei, aber wahrscheinlich kaum, wie sich Derartiges auf die Psyche der staatlichen Führungskräfte auswirkt. Nicht nur die Direktoren und ihre Stellvertreter, auch die Abteilungsleiter sind auf Dauer verpflichtet, in der kombinatsnahen Siedlung zu wohnen, sie haben vierundzwanzig Stunden abrufbar zu sein, sie haben auch bei nichtklinischen Krankheiten zur Verfügung zu stehen, sie sind verpflichtet, alle privaten, zum Beispiel Ehe-Krisen, für einen ertragreichen Sozialismus zu unterdrücken. Und wie sehr haben doch in letzter Zeit die Havarien zugenommen, und da sie, die Sekretärinnen, auch oft zu Nacht- und Notdiensten gerufen werden, würden sie ja sehen, wie diese armen Kerle leiden, vor Übermüdung fast zusammenbrechen, wie es ihre Familien zerrüttet, und gar nicht in erster Linie, um für die Gesellschaft etwas zu tun (wie in seinen Artikeln zu lesen), vielmehr für diese vorbildlichen, trotzdem bedürftigen Männer, stehen sie, selbst die reiferen unter ihnen, diesen in jeglicher Hinsicht zur Verfügung, wenn es Zeit ist.

Und sie sah ihm tief in die Augen, bis sie sicher sein konnte, dass er verstand.

EINFACH HERVOR-RAGEND

Eigentlich hieß sie Gisela, war hübsch, klug, wendig und füllte mit ihren Brüsten die FDJ-Bluse höchst ansehnlich aus. Dieser Vorbau, dieser Vor-Teil führte zu ihrem Spitznamen Großer Busen, und auch die Kreisleitung der Einheitspartei im Kombinat Buna benutzte jenes Titularium, wenn es um die Planung der nächsten Delegiertenkonferenz und ihre Eröffnung ging oder um den Besuch eines Staatsmannes und wer die Blumen überreicht. Niemand behaupte also, die Partei hätte nur einen Blick für den Menschen in seiner Funktion gehabt und nicht auch für die Schönheit des Individuums, freilich vor allem als Funktion.

DAS EXTRA

Und was berichtete Parteisekretär Kendzian? Er berichtete, im Ton des Scherzes und des Selbstlobs: Wenn die wirtschaftlichen Verbindungen nicht mehr ausreichen, wenn die staatlichen Ebenen nichts helfen, wenn sich selbst die Freundschaft zwischen Direktoren als begrenzt herausstellt und etwa der erwartete Kalk aus den Gruben Rübelands ausbleibt und Buna mit der Karbidfabrik abzustürzen droht, dann hilft nur eins: es muss Bunas Parteisekretär zum Parteisekretär von Rübelands Gruben fahren und mit ihm gemeinsame Schießübungen veranstalten (beide sind stets bewaffnet, für den Ernstfall), und es muss gegrillt werden und zum gemeinsamen Essen getrunken werden, viel getrunken, und wenn sie beide begabt sind (es ist der Fall), wird auch gesungen.

Nach einem langen Nachmittag und Abend und weit bis nach Mitternacht wird, wie erst neulich, schwadroniert und mitunter auch beraten, und es werden wilde Thesen entwickelt über die Wirtschaften und Systeme der Welt, wenn man könnte, wie man wöllte, und so kam es, dass zum Beispiel Zugladungen mit diversen Waggons, die für das befreundete Ausland, die Bruderstaaten, vorgesehen waren, umgeleitet werden mussten und auf geheimnisvollen Wegen Buna erreichten, und es ging alles seinen sozialistischen Gang.

ZEIT(ALTER) DER AUFKLÄRUNG

Der jüngere neue Direktor war universitäts- und parteihochschulgestärkt und hatte sich trotzdem noch nicht alle Utopien und Illusionen ausreden lassen, er wollte, bei Amtsantritt, alle seine Bereiche sehen, auch die, die links liegen (gelassen wurden), wenn bei diversen Delegationsführungen stets nach rechts gegangen wird. So kam er natürlich zu den verschiedenen Etagen vor den Karbid-Hochöfen und erfuhr, dass es für die Roste, die, wie der Name es sagt, hahaha: rosten, zwei Stufen der Erhaltung (und der Finanzierung) gibt: den menschen-gefährdenden und den produktions-gefährdenden Zustand. Menschen-gefährdend bedeutet, dass ab und zu (wirklich selten) mal einer an einer mürben Stelle durchbricht und einige Meter nach unten fliegt und sich, erheblich, die Haut schürft oder die Knochen entzweit (mehr oder weniger) – das ist nicht so schlimm, weil: der Arbeitsrhythmus wird nicht (entscheidend) gestört. Ernst wird es erst, wenn eine produktions-beeinträchtigende Situation im Raume steht, wenn so viel Fläche verrostet ist, dass die Schichtwerker nicht mehr (richtig, das heißt: ausreichend) an die Öfen kommen und der Ausstoß sich reduziert – dann müssen, woher auch immer, *Reserven organisiert* werden.

FÜR SORGE

Der Journalist hörte von dem hohen Quecksilberanteil im Blut einer Reihe von Kalkarbeitern, er meinte, die müsste man halt, in einer vorherzubestimmenden Folge, austauschen – allerdings, sagten andere, woher die Ersatzleute nehmen, wenn alle von der Gefahr wissen? Als er den zuständigen Meister fragte, wie der's macht, die Kollegen zu binden, erklärte der, er wisse, dass einige nur fünf oder sechs Schuljahre hatten, oft sind deren Zeugnisse gefälscht (der große Treck im Krieg, das Elternhaus, Faulheit, Suff usw.), er sage ihnen immer wieder, sie könnten froh sein, bei ihm arbeiten zu dürfen, und er sorge auch wirklich, natürlich im Rahmen der Möglichkeiten, sehr verantwortlich für sie, er gebe ihnen dieses Gefühl, und deshalb seien sie ihm dankbar, da können Sie sich umhorchen, wo Sie wollen.
Er sei wie ein Vater für sie, sagte er, und er glaubte es inzwischen auch selbst.

DIE FRAGE DER MÄNNLICHKEIT

Also, Meiner, da war dich Eener hier, erst ’n halbes Jahr, ja, un da war ’ne Verpuffung, keene große, bloß so ’ne mittlere, also da flog dir schon einiges um die Ohren, un der segelte durch die Scheiben nach draußen, lag dann ’n paar Meter unten im Glas, na ja, zugegeben, der Rücken, der war ziemlich hinüber – aber gloobste, bloß wegen das hat der hier uffjehört? Nee, hat er jesaacht, das wär nischt für’n. Also, noche ma zum Mitschreiben: bloß wegen das. War, übrigens, sonst keen schlechter Kerl.

DIE FRAGE DER AUFFASSUNGEN

Als der sehr Alte, der Fünfundsechzigjährige, seine letzte Schicht gefahren war und er in einer feierlichen halben Stunde, mit Blumen und Reden, verabschiedet wurde und allmählich begriff, er würde nie wieder hier sein, in diesem Werk, dieser Brigade, diesem Kollektiv, bei diesen Kumpels, da standen ihm von nun an die Tränen in den Augen. Und alle im Raum, in dem verdreckten Stall, wussten, der ist so zerrüttet, der ist so vergiftet, von all dem Zeugs, der macht's nicht mehr lang, der Otto.

UNWÄGBARKEITEN

Man hatte Erwin K. angeboten, bei seinem sauberen Lebenslauf und seiner guten Leistung im Bereich Anlagenfahrer, Mitglied eines Neuererkollektivs zu werden, das bisher nur aus Chemikern bestand und wegen eines erheblichen Verbesserungsvorschlags, einer kleinen Erfindung, demnächst einen glanzvollen Orden bekommen soll, auch einen größeren Geldbetrag. Also nur Intelligenz und nichts weiter – das geht nicht, es muss, wenigstens, einer der herrschenden, der Arbeiterklasse dabei sein, auch wenn er nichts von der ausgezeichneten Technik versteht. – Aber das Geld kannste immerhin abfassen, Meiner. – Na ich weeß nich.
Er hat dann doch das Geld angenommen, noch immer sehr verwundert. Und hat bei der anschließenden Sause tatsächlich ein paar nette Weißkittel kennengelernt – so sein Bericht.

DIE GEGENSEITIGKEITEN

Wenn der Betriebsleiter, und das ist ein seltenster Fall, ein praktizierender Katholik ist, doch von Generaldirektor und SED-Kreisleitung gebeten wird, bei der nächsten Jugendweihe die feierliche Rede zu halten, dann steht er, erst mal, ratlos da. Doch der Assistent wusste, dass es da einen Dichter gibt, der einen Patenschafts-Vertrag in Sachen Kultur mit dem Betrieb hat, und den könnte man ja mal fragen. Wie sich herausstellte, war auch der Poet katholisch aufgewachsen, inzwischen aber eher der marxistischen Richtung sich zugehörig fühlend, und so sah er die Möglichkeit, aus den zehn Vorträgen der vergangenen Jahre, die ihm, als textliche Grundlage und Soundeinstimmung, angeboten wurden, eine elfte Ansprache zu kompilieren. Noch dazu ihm Geld aus der Gewerkschaftskasse, als gediegene Aufwandsentschädigung für kulturelle Leistungen, zur Verfügung gestellt werden sollte.

DIE KLEINE REDE

Als der Alfred von der Transport-Kolonne überraschend gestorben war, sah sich der Gewerkschafter veranlasst, in dessen Arbeitsgruppe in der Mittagspause ein paar Worte des Gedenkens anzubringen. Offenbar wollte er vor den Kollegen, die ihn ja gut kannten, einigermaßen bei der Wahrheit bleiben, und so fiel der Nachruf nicht zu emphatisch aus. Der Alfred, sagte er, war vielleicht nicht immer einer der Schnellsten, und vielleicht war er nicht immer einer der Hellsten, aber jeder weiß, wenn man ihm sagte, das und das muss erledigt werden, dann wurde das erledigt, denn: willig war er. – Das stimmt, sagte der Meister. Und damit war alles gut.

ANSPRACHE

Genossen, Kollegen, wie ihr alle wisst, befinden wir uns im ökonomisch-kulturellen Leistungsvergleich, dem Ökulei, und wir haben als Brigade der sozialistischen Arbeit schon viele Erfolge feiern können, und wir wollen auch weiterhin unter dem Motto: *Mein Arbeitsplatz – mein Kampfplatz für den Frieden* unser Bestes geben und auch auf dem kulturellen Feld siegen. Wir befinden uns gerade in dieser Sparte im Endspurt, und weil uns bei Literatur und Kunst noch drei Punkte fehlen, haben wir heute den Kollegen Schriftsteller zu Gast, der uns mit einer Lesung und anschließender Diskussion diese drei Punkte auf einmal bringen wird. Deshalb bitte ich alle um Ruhe und den Kollegen Verfasser des Buches, mit seinem Vortrag zu beginnen.

ZITAT BRIGADETAGEBUCH

Kulturell und sportlich betätigte sich unser Kollektiv in Form eines Kegelnachmittages und einer Brigadefeier anläßlich des Internationalen Frauentags. Diese Veranstaltungen fanden bei allen Beteiligten großen Anklang und führten zu einer weiteren Stabilisierung des Kollektivs im persönlichen Bereich.

DAS DOKUMENT

RAT DES BEZIRKES ERFURT
Abt. Innere Angelegenheiten
DDR-501 Erfurt
19.11.71

Herrn
Wulf Kirsten …

Betreff *Erteilung einer Druckgenehmigung für Gedichte*

Bezüglich Ihres Antrages vom 9.11.1971 teilen wir Ihnen mit, dass wir Ihren Antrag auf Erteilung einer Druckgenehmigung für Gedichte nicht genehmigen können, da dieses Druckerzeugnis (gewöhnlich) verlagsrechtlich gebunden ist. Aus diesem Grunde ist es Privatpersonen nicht gestattet, eigenmächtig Gedichte zu verfassen und zu popularisieren.

Hartmann
Abteilungsleiter

Anlage.

FERTIGUNGEN (ZUM BITTERFELDER WEG)

Wenn der Maler sich zwischen die Arbeiter setzte und seine Vorzeichnungen für ein weiteres Acryl-Bild skizzierte und wieder und wieder bestimmte Körperhaltungen, ja bestimmte Gesten und Mimiken, Charakteristika, Besonderheiten zu erfassen suchte, dann stellte sich auch mal ein Bandspezialist neben ihn und sah zu, was der da so machte. Und wie er noch einmal und noch einmal die Bewegung eines Arms festhielt, das war schon was, Können, und nach drei Tagen war man sich einig, dass diese Kunst da auch eine richtige Arbeit ist.

Und als die Belegschaft, einmal im Monat, die Maschinen still hielt und zur großen Säuberung auseinandernahm und die einzelnen Teile aus Plasteschlamm und Öl und Dreck und verschiedensten Verkrustungen herausschälte und putzte und schmiergelte und auch mit den Händen rieb und all die Ketten und Kettchen und Transmissionsriemen und Strippen und Federchen ordnete und allmählich ein neues Gebilde entstehen und erstehen ließ, da fand der Maler, dass diese Arbeit, also das ist ja eine richtige Kunst, ist das.

VERSCHLINGUNGEN

Der Maler hatte sich einige Jahre in den Werkhallen herumgetrieben und kannte die Vorzeigeplätze und die Dreckecken. Er galt als guter Gesprächspartner und als Vertrauensperson (niemand zu nah, niemand zu fern), und das fanden auch die Abteilungsleiter des Elaste-Großbetriebes, die ihm eröffneten, dass demnächst eine schöne Sause gestartet werden soll, dass sie sich und ihren Frauen und den Frauen der Büros ein Fest gönnen wollen, ein Besäufnis mit Kulturprogramm, das heißt: einer Schlagersängerin. Das Problem allerdings sei die Finanzierung. Die Gewerkschaftsleitung sei, nach Versprechungen und Bestechungen, einverstanden, zweitausend Mark für einen guten Zweck zu spendieren, doch könne das nicht die Fete der Chefs sein, und deshalb fragten sie ihn, ob er einverstanden sei, diese munternden zweitausend Piepen für besonderes künstlerisches Engagement in drei Raten auf seinem Privatkonto zu empfangen und dann gleich an sie weiterzureichen. Der Künstler fand, dass dieser Deal eine ehrliche, möglicherweise gar ehrbare und zu fördernde Angelegenheit ist, bat aber darum, dabei sein zu dürfen, um die Vorzeichnungen für das baldige und hoffentlich mit Preisen bedachte Bild *Die Betriebsfeier* zu skizzieren.

DIE DEFINITION

Der Hallenser Maler Gerhard Schwarz, der mitunter die Welt sah wie sein Familienname es sagt, hatte ein Bild, wie er es nannte, zur Diskussion gestellt, auf dem die endlos vielen und endlos langen Buna-Rohre mit all ihren Knicken und jähen Kurven und dem Ineinander-Verwobensein gezeigt wurden, und diese wirre und irre An-Ordnung des Gestänges ergab ein geschlossenes System, das man auch als Labyrinth bezeichnen kann. Innerhalb dieser großflächigen Verfestigung und Verfertigung war ganz winzig, ganz unbeweglich an zentralster Stelle ein Männchen, die Kontur eines Kleinst-Subjektes angedeutet, und der Titel des Bildes, eine Propaganda-Losung der Zeit aufnehmend, lautete: *Im Mittelpunkt steht der Mensch.*

QUER

Das Elektrochemische Kombinat in Bitterfeld hatte eine Generaldirektorin, die am Nutzen der weiblichen Emanzipation und der Emanzipation überhaupt zweifeln ließ; immer auf der Jagd nach Verhinderern, Saboteuren oder Einfachzulangsamen schrie sie, schnauzte sie, sie erniedrigte (in eine Tagungsbank wurde geritzt: Ein deutscher Ingenieur weint nicht – trotz alledem); und sie hielt, wenn es ihr nötig schien (und wann war das nicht) zu nicht geringen Fälschungen der Planungsbilanzen an.

Da der Abteilungsleiter Manfred B. nicht mitspielen wollte (wegen der kommunistischen Ideale), geriet er in Verschiss. Er maulte herum, und das meldete ein Kollege der Stasi, die wiederum prüfte und fand, so einen Aufmüpfigen/Ehrlichen (Naiven) brauchte sie und deichselte es mit ihren Verbindungen (an die Generaldirektorin kam sie nicht ran), ihn zum höchsten Kontrolleur zu machen, ironisch bis anerkennend genannt: der Unbestechliche.

Als die Generaldirektorin, die kleine Fürstin, davon hörte, soll sie geschäumt haben. Und verwundert gewesen sein über diese ziemlich einmalige Kooperation.

MANCHMAL DIE WORTE

Einmal beschwerte sich ein Künstler, der im VEB Junkalor-Werk Dessau eine Ausstellung eröffnet hatte, über den höchst mangelhaften Ablauf der Veranstaltung, verantwortlich sollte die Bibliothekarin sein. Der BGLer (Betriebsgewerkschaftsleitung), etwas peinlich berührt, fauchte im breitgemärten Dialekt: Die wer ich was zwischen de Hörner puchen.

Mit diesem unorthodoxen Satz zeigte der Genosse Gewerkschaftler, sagte Deutschlehrer F., immerhin seine Noch-Bodenständigkeit.

DAS BEISPIELHAFTE

Als Nikita Chruschtschow die Vereinigten Staaten Amerikas besuchte, sah er, dass nicht nur im Bundesland Iowa der kapitalistische Mais prachtvoll steht und gedeiht, sondern dass auch die Farmer nach seinem Geschmack sind, obwohl Amerikaner, diese selbstbewussten schuftenden Kerle, und er wollte gern ebenso effektive und sympathische Mais-Kolchosbauern in allen sozialistisch sich nennenden oder genannten Ländern erblicken. Für die *Wurst am Stängel* wurde er der unermüdliche Propagator; allerdings hatten in manchen bis vielen Gegenden die Landwirtschaftler den Eindruck, dass das hiesige Klima gar nicht so günstig für den Mais ist, aber da der große Steuermann sozialistischen Mais ausgerufen hatte, sollte auch sozialistischer Mais sein. Die Weizen-, Roggen-, Raps- oder Zuckerüben-Pflanzer hatten jedoch zur Befriedigung der neuen Losungen auch Lösungen parat: Um den Freunden, den sowjetischen Delegationen, die natürlich bei ihrem Besuch als Erstes fragte: *Wie steht denn bei euch der Mais, Genossen?,* Genüge zu tun, taten sich überall mehrere agrarische Betriebe und Dorfgemeinschaften zusammen und legten da, wo ihre Hektare aufeinandertrafen, ein kleines, doch schwer überschaubares Mais-Versuchsfeld an und führten von der jeweiligen Genossenschaft die Sowjet-Kollegen zu dem immer gleichen Feld, das aber, von verschiedenen Himmelsrichtungen gesichtet, ein jedes Mal doch anders aussah.
So zeigte sich, dass man auch im Sozialismus frohgemut mit den Problemen, die man sich selbst bereitet, fertigwerden kann.

DIE ABGESCHOTTETE FREIHEIT

Die Genossen unter den halleschen Germanisten, und das waren eigentlich alle, waren stolz darauf, sich darauf verständigt zu haben, dass in den, in ihren Parteiversammlungen über alles gesprochen werden kann, das heißt: darf, kein Blatt vorm Mund, auch die großen Utopien von einst sollten ihren Platz finden. Allerdings hatten sich die Schwestern und Brüder im Geiste auch darüber verständigt, dass aus diesem (edlen) Kreis der Sprache kein Wort nach draußen dringen durfte, am wenigsten zur Bezirksleitung ihrer Partei.

SCHWEIN GEHABT

Einmal kamen Bezirksgewerkschaftsleitung und die Bezirksvorstände des Künstlerverbandes und des Schriftstellerverbandes zu einer Wochenendtagung im schön verschneiten Harz zusammen, und es wurden zum Auftakt einige Kunstwerke, die von der Gewerkschaft, gegen erhebliche Löhnung, in Auftrag gegeben waren, gemeinsam begutachtet und, wie es so hieß: abgenommen (auch bei Nichtgefallen). Der Chef der Gewerkschaft murmelte jeweils einen Standard-Satz, und der jeweilige Künstler hatte seine Brötchen für die nächsten Monate (oder Jahre) gesichert.

Die bildenden Künstler wieselten und wirbelten beflissen um die führende Delegation, denn sie waren von den Aufträgen auch dieser Organisation direkt abhängig, während die Autoren vor allem mit ihren Verlagen klarkommen mussten; deshalb riskierten sie ab und zu die große Lippe, mitunter Spott eingeschlossen. Als einer der jüngeren Dichter, nach der Annahme einer Skulptur, meinte, dies wäre wirklich ein bemerkenswertes Objekt und ein guter Kauf, Gratulation beiden Seiten, erklärte die Sekretärin des Gewerkschaftsbezirks-Bosses, dass es nicht üblich sei, dass nach dem Urteil ihres Höchsten ein weiteres Urteil abgegeben wird. Der Dichter, der doch nur eine kleine Freundlichkeit loswerden wollte, erstarrte, und mit ihm die ganze Runde. In diese deutlich sehr lange halbe Minute der Stille des angehaltenen Atems platzte dann das Lachen des Bezirks-Chefs, und er erläuterte, dass dies heute einmal nicht gelte, denn der Kollege Dichter, der junge Mann, sei ja nun mal kein Angestellter von ihm, sondern ein eigenständiger Mensch. Da hechelten die Bezirksvorstände allesamt eine zerknautscht lachende Zustimmung, und der Moment war, mühsam genug, gerettet.

IV: VON GUTMENSCHEN ALLESAMT

Arbeiter, Bauern: Erstürmt die Höhen der Kultur!

DIE GEGENWEHR

Es gibt die beeindruckend präzisen Sätze Brechts, so sein einstiger Assistent, über einen chinesischen *Theewurzellöwen*, der zeigt, wie anstrengend es ist, böse zu sein. Der Meister, der gern auf den Proben aufgeregt herumkrähte (ich sage das liebevoll), um das Seinige durchzusetzen, sah sich in der Zusammenarbeit mit dem Filmregisseur Wolfgang Staudte in allen seinen Prinzipien verletzt und tobte und argumentierte schnaufend und tobte, bis es Staudte zu bunt wurde und er ihn mit dessen Waffen schlug. Herr Brecht, sagte er (ich schwöre: sagte der berichtende Assistent), ich werde von nun an nur noch ganz leise sprechen, worauf Brecht aufjaulte und schrie: Das ist gemein.

DIE BEIDEN

Einmal sah ich, sagte der Dramaturg, vor einer Premiere, langsam und sich ihres Auftritts bewusst, Helene Weigel die Treppe ihres Hauses herabsteigen (zu uns), sie trug ein sehr langes, schlichtes, graues, vor Eleganz changierendes Kleid an ihrem schlanken Körper, und das freudig lächelnde, deutlich erwartungsvolle, selige Gesicht der Prinzipalin, ihr sich verbreitender stiller Glanz war mit den leidend kämpfenden Elendsfrauen Mutter Courage und Gorkis Mutter überhaupt nicht in einen Zusammenhang zu bringen. Es handelte sich, so schien es, um zwei unfassbar getrennte Welten.

DIE PRINZIPALIN

Des Berliner Ensembles Urgestein-Regisseur Manfred Wekwerth erzählte dem neuen Dramaturgen Volker Braun (sich und ihm, schien's, zur Warnung), dass der Autor und Dramaturg Helmut Baierl eines Tages auf die irrsinnige Idee kam, bei der Intendantin Helene Weigel wegen einer (kleinen) Gehaltserhöhung vorzusprechen, auch für sich den eigenen Wert erhöhen wollend: Da zeigte sie sich nicht nur als die Glucke, die auf Brechts Werken brütet, zumindest hockt (wie Biermann anmerkte), sondern auch als die hennenhafte Hüterin der Kasse, und spätestens eine Viertelstunde nach dem Antritt fand sich Baierl zerknirscht und schuldig vor ihrer Tür wieder, denn er hatte eingesehen, wie frevelhaft sein Ansinnen war, allein der Gedanke, und wie sehr er überbezahlt ist, wie glücklich er sein kann, an diesem Hause dienen zu dürfen und dass er überhaupt existiert.

Doch sie konnte auch großzügig sein: Hörte sie davon, dass sich ein Schauspieler oder ein Autor in Not befindet oder das Leben nicht will, wie er will, oder er ist gerade aus dem politischen Gefängnis gekommen wie der Kabarettist Peter Sodann – dann fand sie die Möglichkeiten eines Engagements, und sei es nur eines ersten aufhelfenden, eines, aus Gründen der Qualität, vorübergehenden.

DIESER KERL

Brecht, sagte, mit Verdruss, der einstige Mitarbeiter Johannes R. Bechers, war nicht nur ein Theater-Inszenierungsmeister, er war auch ein Meister der Inszenierung seiner selbst. Gelangweilt von diversen politischen und Ästhetik-Debatten, setzte er sich bei einer Tagung, während im Präsidium des Kulturbundes mein Chef und seine getreue Schar redlicher Kulturfunktionäre sich bemühten, in die letzte Reihe, und nun wussten alle: das Genie sitzt nicht vorn, sondern am Ende des Saals. Und in den nächsten Stunden blickten, bei Besonderheiten der vertretenen Ansichten, bei auffälligen Thesen, bei merkenswerten Widersprüchen, bei dem, was unsere Gegner als Geschwafel bezeichneten, alle unsichtbar nach hinten, um etwas von seinen Reaktionen zu erhaschen, zu erfahren.

Er war, sagte der Mitarbeiter, außerhalb des Gesichtsfeldes aller der Mittelpunkt, das Präsidium. Und er wusste das.

DAS EINE, DAS ANDERE (I)

Manchmal, besonders bei Künstlern, explizierte Biograf Werner Mittenzwei, soll es zwischen den großen Werken und der gelebten Realität zu Widersprüchen kommen. So hat zum Beispiel Bertolt B. gewaltige Gesänge über das Schwimmen in Seen und Flüssen verfasst, andererseits berichtete Max Frisch, wie Helene Weigel und er glücklich in einem größeren Teich dahinglitten und tauchten und die Arme aufwarfen und sich übermütig tummelten, während der weit entfernte Brecht ängstlich am Ufer, nur bis zu den Knöcheln im Wasser, hin und her trippelte und seiner Helli Sicherheitshinweise zurief, der Gute.

DAS EINE, DAS ANDERE (2)

Im Gelände des Landsitzes von Weigel und Brecht in Buckow wollte der Schwiegersohn und Schauspieler Eckehard Schall, so erzählte er, ein Boot ins Wasser ziehen, um ein wenig zu rudern, schaffte das aber nicht allein. Der vorbeikommende Dichter, der Schilderer handfester proletarischer Beziehungen und der Solidarität, betrachtete die Bemühungen, doch es fiel ihm nicht ein, mal mit anzupacken, sondern er versprach, den Gärtner, der in ein paar Stunden anwesend sei, um Hilfe für ihn zu bitten.

VOM MEISTERLICHEN

Brecht wütete gegen die Verschlamperung, die Banalisierung seines episch gedachten Theaters an, er wollte mit Verfremdungseffekten die Kolportage hinausprügeln, (verlogene) Gefühlsaufwallungen, die Weltgeschehnisse durchschaubar machen, die Strukturen.

Das Provinztheaterhafte zu enden, ließ er eine Reihe von Modell-Büchern publizieren, die vorbildliche Inszenierungen (von ihm) als anleitende Beispiele zeigen, und auch die Nachfolger achteten streng auf die Vorgaben (bei ihren Nachahmungen), und es entstand ein Kanon, ein bald bekanntes Regelwerk, und aus der einst so überraschenden, erfrischenden, mitreißenden Bühne wurde ein (noch immer lebendiges) Museum.

Aus Trotz, schien's, inszenierte in der Wendezeit Ekkehard Schall für sich ein als absurd bezeichnetes Ein-Mann-Stück Becketts und reiste mit seiner Aufführung durch die Provinz.

DIE SCHUSSFOLGERUNG

Der Leiter des Brecht-Archivs Bunge hatte den Ruf, die entscheidenden Tonband-Gespräche mit Bertolt B.s alten Freunden und Mitarbeitern zu führen; freilich verband sich mit diesem Ruf auch, die Abschieds-Interviews, die letzten, zu machen – ein Totenvogel.

Als eines Tages der beinahe achtzigjährige Sänger und Schauspieler Ernst Busch diesen Bunge vor seiner Wohnung sah, verfinsterte sich allmählich sein kantiges Gesicht, er trat zurück und schlug die Tür zu. Und zeugte, gegen Bunge, noch ein Kind.

DAS ÄUSSERE

Er hatte sich, nach den Gedichtpublikationen in *Sinn und Form*, Johannes Bobrowski als einen bleichen, mageren, ja hohlwangigen romantischen Typ der Blaue-Blume-Vertreter vorgestellt, und auf der Frühjahrsmesse 62 sah er einen untersetzten, stämmigen, bäuerischen Menschen, der fröhlich am Stand des Unionsverlages hockte und schier ununterbrochen Geschichtchen und Witze erzählte. Dieser kräftige Körper, diese Erscheinung schien ihm ein solcher Verrat an der zarten Lyrik, dass er mehr als ein halbes Jahr nichts mehr von diesem Autor las, auch nicht sein erstes Vers-Buch. Erst nach der Veröffentlichung von *Levins Mühle*, diesen von bitterem Humor durchsetzten, im einstigen Memelland handelnden Roman, konnte er besser Gestalt und Literatur zusammenbringen.

VORREITER DER VEREINIGUNG

Vor 1900 gab es einen selbst nordeuropaweit berühmten Friedrichshagener Dichterkreis der Naturalisten (und auch der Anarchisten wie Mühsam und Landauer). Ebenfalls in diesem Berliner Stadtviertel wohnend, gründeten zu Beginn der sechziger Jahre Johannes Bobrowski und Manfred Bieler eine zweite sogenannte Vereinigung, und es beriefen sich auch beide gleich zu Präsidenten und machten später Lothar Kusche zum Ehrenmitglied und luden zur Verstärkung die Westberliner Autoren Günter Bruno Fuchs und Robert Wolfgang Schnell ein. In der Präambel stand, dass dieser Dichterkreis *auf dem Boden Friedrichshagens* steht und *seine Aufgabe in der Beförderung der schönen Literatur und des schönen Trinkens* sieht. Der Paragraph 8 verkündete: *Das Zentralorgan des Friedrichshagener Dichterkreises ist die Leber. Besondere Mitteilungen erfolgen durch das Herz.*

Es war, kurzum, nach der gescheiterten staatsübergreifenden Schriftstellervereinigung PEN der zweite Ost-West-Club von Literaten, und es war die weitaus größte Konzentration von Alkoholikern. Als Manfred Bieler, einige Zeit nach der Errichtung der Mauer, zu einer Lesung im Westen der Hauptstadt gebeten wurde, erwarteten ihn schon am Mittag vor der Grenzübergangsstelle Fuchs und Schnell mit einem Pferdefuhrwerk, auf dem ein Fass Bier und darum die Stühle standen, und so zuckelten sie, das Objekt der Begierde in wohlgehüteter Mitte, langsam und trinkend durch diverse Viertel.

Abends endlich am Lese-Ort eingetroffen, war Bieler noch fähig, die erste Erzählung hörbar vorzutragen, die zweite Erzählung ging in seinem Gemurmel zugrunde, nach dem Anfangsversuch zur dritten Erzählung wurde die Veranstaltung abgebrochen. Ein Scherzbold kommentierte in der Zeitschrift *Eulenspiegel*, dass das Essen in der Kantine der Redaktion, im Gegensatz zur letzthinnigen Lesung Bielers, wieder einmal sehr trocken war.

DIE FRAGE DER PERSPEKTIVE

Die häufig propagierte Volkskunst galt als parallele Erscheinung der staatlich festgelegten Arbeiter als herrschende Klasse, freilich konnte, wenn man die politischen Agitations-Momente sehr vernachlässigte, selbst der *Bitterfelder Weg* Bekanntschafts-Szenerien der *Werktätigen* mit den Künsten vorbereiten helfen. Als allerdings einmal eine Übersetzerin in höchst schwärmerischer Weise in einer Autorenrunde davon sprach, dass neuerdings sogar Intelligenzler wie Ärzte malen und Konzerte geben, sie hätte erst kürzlich ein erfreuliches gehört, hielt es Manfred Bieler nicht in seiner ernstlichen Bierruhe, er raunzte vielmehr, dass er sich lieber von einem Trompeter operieren lassen würde als eine Musikstunde mit Medizinmännern zu ertragen.

HIMMELS RICHTUNGEN

Das Studium der Sprach- und Literaturwissenschaft in Rostock brachte es mit sich, dass offenbar für Student J. dasselbe Klo wie Jahre zuvor für den kommenden Schriftsteller Uwe Johnson herhalten musste.
Betrat man den kleinen Toilettenraum, so ließ man das von Zucht und mehr oder weniger kultivierten Debatten geprägte Germanistische Institut hinter sich. Öffnete man das Fenster, so war links innerhalb einer Häuserreihe das Äußere (die Rückseite) des freiheitlicheren Hinstorff-Verlages zu betrachten und als direktes Gegenüber (mit einer Erweiterung nach rechts) ein restrikter, von Backstein umstellter Gefängnishof.
Möglicherweise gingen alle drei Anstaltsmöglichkeiten Uwe Johnson am Arsch vorbei, und er wählte deshalb den Weg in den Westen.

THEORIE UND PRAXIS

Jeder weiß: es gibt Autoren, die gute Romane und gute Essays schreiben, und es gibt Autoren, die vermögen schlechte Romane und schlechte Essays in die Welt zu setzen. Inge von Wangenheim wiederum schrieb historische Romane, war aber vor allem und eigentlich nur, besonders unter Intellektuellen, durch ihre manchmal gar als provokativ empfundenen Kontroversen bekannt. Da nun schaltete sich Schlitzohr Günther Cwojdrak ein mit der Ansicht, es gäbe erstaunlicherweise Schriftsteller, die allwissende und glänzende Essays über historische Romane (und deren Verfertigung) zu schreiben wissen, selber aber nur missliche Produkte dieser Art herstellen können. Wie kommt das?, versuchte er sich zu erkundigen und fügte hinzu: Ich gebe die Frage weiter an Inge von Wangenheim.

DIE ENTTÄUSCHUNG

Wahrscheinlich glaubte Anekdotenaufklauber Krumbholz nicht an Rilkes Satz, Armut sei ein großer Glanz von innen, denn als er von Heinz Czechowskis vermeintlicher materieller Not hörte, fuhr er zu ihm nach Halle, um ihm, gegebenenfalls, finanziell beizuspringen. Dort wurde ihm allerdings mitgeteilt, dass Czecho gerade über Land fahre, um Antiquitäten einzukaufen, und Krumbholz kam zu dem ernüchternden Definitionsergebnis, dass es offenbar Lyriker gibt, die am Hungertuch, aber auch solche, die am Hungerbrokat nagen.

Nach der Publizierung dieses Berichts soll H.C. den Krumbholz längere Zeit, das heißt: mehrere Jahre, nicht empfangen haben und ließ verbreiten, nicht mehr über Land, jedenfalls nicht in derartiger Angelegenheit, zu fahren. Aber glaubte ihm das jemand, der ihn kannte?

DER WEG ZUR SELBSTFINDUNG

Erzählt wird, dass der kleine und deshalb von den Frauen wenig beachtete und deshalb dem Alkohol zugeneigte Gottfried Keller durchs mitternächtliche Zürich zog und nicht mehr nach Hause fand. Als ihm einige Studenten begegneten, fragte er sie, ob sie wüssten, wo Gottfried Keller wohnt, worauf ein Student sagte: Aber das sind Sie doch selbst, worauf Herr Keller grantig erwidert haben soll: Ich will nicht wissen, wer ich bin, sondern wo ich wohne.

Als Günter de Bruyn und Lektor/Autor Werner Liersch den vom Leben und vom Wodka gebeutelten Schriftsteller Boris Djacenko besuchten, hatte der Schwierigkeiten, seine Gesprächspartner richtig zu orten und korrekt zu benennen. Also holte er ein großes Blatt Papier und malte darauf einen Mittelpunkt und einen Pfeil in Richtung de Bruyn und schrieb diesen Namen in einen umschließenden Kreis, er skizzierte einen zweiten Pfeil in Richtung Liersch und schrieb den Namen in einen Kreis, er deutete einen dritten Pfeil in der Richtung zu sich an und schrieb in den unteren Kreis: Ich.

So konnte er den Einen vom Anderen und die Beiden von sich unterscheiden, und das Gespräch verlief sich nicht, sondern von nun an in geordneten Bahnen.

DER SIEGER

Die Grafiker Hartwig Hamer und Joachim John, der Eine in Schwerin, der Andere nahe der mecklenburgischen Hauptstadt wohnend, schätzten einander. Doch John konnte es mitunter nicht unterlassen, vor Freunden über Konkurrenten zu sticheln, zuletzt zum Beispiel, dass dem deutlich Jüngeren neuerdings schon die Nase liefe, unkontrolliert, und stellte also in Frage, ob der's noch lange mache. Wenig später starb John, fünfundachtzigjährig, und Hamer, Gott sei Dank, wie immer es seiner Nase geht, lebt und lebt und lebt.

OBACHT!

Im Schriftstellerheim Petzow betreute zu Beginn der sechziger Jahre Walter Werner, hinter den sieben Bergen und aus den thüringischen Wäldern hervorkommend, für eine Woche einige junge Autoren. Als die für den Nachwuchs verantwortliche stramme Funktionärin Ursula Steinhaußen nach dem Rechten sah, erblickte sie an einem Nachbartisch Günter de Bruyn und den neuerdings als sehr kritisch eingeschätzten Reiner Kunze, und die Glucke verbot den Küken den Kontakt mit diesen – die Begründung lautete, dass vom Petöfi-Club in Budapest, dem Literatur- und Intellektuellen-Zirkel, die Konterrevolution 56 ausgegangen wäre, geistige Verständigungsbasis bedeutet immer politische Gefahr, es hieße also: die Wachsamkeit stärken!
Am nächsten Tag mussten sich die jungen Autoren bei Walter Werner, Günter den Bruyn und Reiner Kunze erst einmal nach dem Petöfi-Club erkundigen.

DEMOKRATISCHES ENDE

Einmal, nach einem sehr langen Abend mit Freunden beim Dichter Gosse, trollte er sich mit seiner Frau in die Nacht, und irgendwann mussten sie feststellen, dass sie ihr Schlüsselbund verloren hatten und nicht in die Wohnung kamen. Also galt es, in einem Hotelzimmer zu übernachten, freilich stellte sich heraus, dass dies, also in den siebziger Jahren, den Einwohnern einer Stadt in derselbigen nicht erlaubt ist (möglicherweise aus Kapazitätsgründen).

Wir sind müde und abgefüllt und gehen hier nicht mehr weg, sagte Loest.

Hilflos, beinahe verzweifelt rief der Rezeptionist einen ihm vertrauten Polizisten an, der aber auch keinen schnellen Rat wusste. Gemeinsam suchten sie, mit dem Delinquenten, eine Lösung. Endlich kamen sie auf die Adresse des Autors Vater in Mittweida, und in dieser Nacht wurde Loest noch einmal heimisch gemacht in seiner Geburtsstadt.

Ehe er, Jahrzehnte später, Ehrenbürger beider Städte wurde.

EINE LÖSUNG

Loest hatte den Leiter des Mitteldeutschen Verlages ein armes Würstchen genannt für den Fall, dass er nicht eine Nachauflage des umstrittenen Buches *Es geht seinen Gang ...* besorgen kann. Eberhard Günther, der wusste, dass er dieses Würstchen in dieser Causa ist, gab dem Autor wütend die Rechte für alle seine Bücher zurück. Ein Loest-Porträt von mir unter dem Titel *L., Zeitgenosse* musste vor dem Druck aus einem Querschnitt-Band wieder herausgenommen werden. Zum Glück hatte sich E. L. mit dem Verleger des Reclam-Verlages noch nicht angelegt, sodass der Text dort in einem Auswahlband das Licht der Welt erblicken konnte.

DIE ZUSAMMENKUNFT

Als die Gefahr bestand, dass Loest 79 aus dem Schriftstellerverband wegen Aufmüpfigkeiten ausgeschlossen wird, vereinbarten Gerti Tetzner, Heiduczek, Gosse und Jendryschik, sich mit ihm bei Gerti zu treffen, um zu besprechen, wie sich seine Freunde in den nächsten Wochen öffentlich verhalten sollen, noch dazu zweien als staatlichen Angestellten eine Entlassung drohen könnte. Loest kam aber zu dem höchst internen Gespräch nicht allein, sondern mit Kaffee und Kuchen und Frau und einem Mitarbeiter der westdeutschen Botschaft – da war die geheim gemeinte Absprache im Arsche. Sie redeten mit dem Gast dummes Zeug und passten die Frau in der Küche ab und raunzten sie an, was das Ganze soll. Da müsst ihr euch keine Gedanken machen, sagte die Anneliese, der wohnt schon drei Tage bei uns und weiß wirklich alles.
Wie naiv kann man denn sein?, fauchte Heiduczek und ging zum Fenster, und die Kollegen gingen mit. Und Gerti stellte fest, dass auf der anderen Straßenseite zwei Autos stehen, die dort noch nie platziert waren.
Ihr habt die Stasi sehr schön zu uns hergeleitet, wahrscheinlich fotografieren sie uns gerade und hören uns ab.
Tage später trat Loest, auch um seine Freunde zu schützen, aus dem Verband aus.

ANZEICHEN

Während einer Briefmarken-Auktion war J. über die Erwerbungslust Loests an einer Bremen Nr. 3 auf Brief sehr verwundert. Er wusste, dass sein Feund Erich eine wertvolle Sammlung Deutsches Reich von seinem Vater übernommen hatte, aber nicht, dass er sich für Wertstempel altdeutscher Staaten, also Exemplare zwischen 1849 und 1870, interessierte. Freilich wusste J., dass mitunter DDR-Rentner die eine oder andere exquisite Briefmarke bei Westbesuchen, gut versteckt, mitnahmen, um sich das Taschengeld aufzufrischen.

In der Pause ging J. zu Loest und fragte, ob er vielleicht demnächst das Land für immer verlassen wolle. Loest fühlte sich irgendwie ertappt, lief rot an und fragte, woher er das wisse. – Von der Bremen Nr. 3. – Loest lachte und nickte.

DER NACHFAHRE

Diese endlose, sinnfreie Zeit im Zuchthaus für die Politischen in Bautzen, und der ganze Ärger um seinen wesentlichen Roman *Es geht seinen Gang oder die Mühen der Ebene* fanden sich auch in Erich Loests Lebensbericht *Durch die Erde ein Riss* wieder, und dazu seine Hitler- und seine SED-Zeit, und es war eigentlich klar, dass dieses Manuskript hierzulande nicht zur Buchform finden würde.

Nach der Ablehnung durch den Leiter des Mitteldeutschen Verlages, unter anderem mit der Begründung, dass verschiedene der erwähnten Personen noch immer hohe (politische) Ämter bekleiden oder zumindest noch leben, nahm der Autor den Kontakt zu einem Mitarbeiter der westdeutschen Botschaft auf und bat ihn, Kapitel für Kapitel als Diplomatenpost ins andere Deutschland zu expedieren. Als alle Teile für einen Druck bereitstanden, reiste Loest aus und seinem Buch nach.

EINES ABENDS WAR LOEST WIEDER DA

und hielt Hof in seinem Sachsen. Der Verband der Schriftsteller hatte den einst im Westen Verbliebenen eingeladen, und M., die steile Treppe mühsam erklimmend, sah ihn dem Fernsehen im Korridor ein Interview geben. Das ZDF war dann auch bei der großen Versammlung dabei, die Scheinwerfer der Reporter setzten das Gespräch in ein grelles Licht, das durch Andeutungen von Buße und Berichtigungen und Ergänzungen und Erklärungen einzelner Redner und der Behuldigung des Wiederaufgetauchten durch weitere Redner sich fügte. Loest nahm das Eine wie das Andere stolz gelassen entgegen und teilte seine Ansichten über die Deutschländer aus und Noten über die Wort-Führer, die sich noch dagegen stemmten, und ließ starke Gewerkschaften nicht außer Acht. Von noch folgenden Kniefällen und diversen Nachfragen wohltemperiert, wies er auf Schwierigkeiten mit westlichen Verlagen und vor allem, wie wenig er sich heimisch fühlt in einer Welt des kühlen Handelsgebarens. Zu diesem Posten von Verlusten setzte er seine erstaunlich präzisen Erinnerungen, also Tag und Stunde benennend, jener Gespräche und Entscheidungen und Gründe, die ihn vor zehn Jahren veranlassten, diesem Land den Rücken zu kehren, es zu müssen, und immer mehr und mit jedem Satz zeigte er eine Verletzlichkeit, die eines Mannes, der, wäre man ihm aufmerksamer begegnet, durchschnittlich gut hier hätte leben können und wollen.

14.12.89

DAS DEUTSCHE

Einmal sah der Verlagslektor beim Lyriker Manfred Streubel die schön aquarellierten Postkarten, die dieser vom großen Maler Curt Querner bekommen hatte. Der Dresdner zeigte sie voller Stolz, der Lektor war neidisch.

Einige Monate später sah der Lektor, dass der Dichter diese wunderbaren Karten, Zeugnisse einer Freundschaft und der Kunstgeschichte, in einen kleinen Aktenordner geheftet und dafür gelocht hatte; hernach suchte der Lektor die Zusammenarbeit zu beenden.

EHRUNGEN

Die Akademie der Künste war ein besonderes Heiligtum, ein Olymp der Eitelkeiten. Und das begriffen manche Künstlerwitwen noch mehr als ihre einstigen Großkopferten. Das Problem war in den siebziger Jahren, dass die große Schauwand Platz für etwa vierzig ansehnliche Fotografien der Mitglieder hatte, das Hohe Haus aber weit mehr als die doppelte Anzahl zählte, dabei noch nicht gerechnet die besonderer Fürsorge bedürftigen und zu ehrenden Toten und einige Bürger der Bundesrepublik. Als eines Tages Leonhard Franks Weib das Foyer betrat, sagte ihr ein schneller Blick, dass ihr Einziger dort nicht zu sehen ist, und sie erhob ein gewaltiges Geschrei der schnürenden Überraschung, des Schmerzes, der Trauer, der nicht an sich halten könnenden Enttäuschung, dass daraufhin das ganze Haus, wie man so schön sagt, zusammenlief und Trauer, Schmerz, Enttäuschung mit ihr teilte.

Danach gab es eine schriftliche Anweisung, dass jede Besuchsankündigung eines Mitglieds selbst oder gar einer Witwe dazu führen muss, dass auf der Schauwand das Porträt des oder der Erwarteten möglichst im Mittelpunkt derselben zu stehen hat, auch wenn größere Umhängungen notwendig sein sollten.

DIE ZWEIER-KOMBINATION 5

Einer allein war schon eine unschlagbare Provinzgröße, beide zusammen eine brachiale Weltmacht. Der Eine war der auch körperlich beeindruckende Generalintendant der Rostocker Bühnen Hanns Anselm Perten und der Andere der Dichter Kuba (Kurt Barthel), Mitglied des Zentralkomitees der Einheitspartei und Nationalpreisträger. Wenn sie zusätzliches Geld oder diverse andere Unterstützungen für ein Theaterprojekt oder eine politische Festivität brauchten, dann gingen sie zuerst zur parteilichen Bezirksleitung, und auf trat Perten, und waren nach einer halben Stunde die Gesprächspartner längst erschöpft, das Ergebnis aber noch offen, löste Kuba den Perten ab, und wenn nach einer Stunde der Kuba noch nicht alles Gewünschte durchgesetzt hatte, löste ihn der Perten ab. Sie waren wie eine drohende Wand, und das musste anschließend auch der Rat des Bezirkes erfahren, der mit ähnlicher Taktik erobert wurde.

Sollte aber einmal, wider alles Erwarten, ein derartiger Dringlichkeitsdurchmarsch oder eine öffentliche Diskussion nicht den einzig möglichen Erfolg zeitigen, so gab es einen ebenso warnenden wie beleidigten Abbruch und den Schluss-Satz (bald zum geflügelten Wort avancierend) aus Kubas Mund: Komm, Hanns Anselm, wir gehen.

DAS MISSVERSTÄNDNIS

Der Dichter Kurt Barthel, der wegen eines ähnlich benannten Arbeiterdichters, dann Nazi-Barden die ersten beiden Buchstaben von Vor- und Familiennamen zu einem Markenzeichen zusammenzog, wurde einmal in einer Fernsehzeitung angepriesen als *Nationalpreisträger Kuba, die Perle der karibischen See*. Da waren, wenn es kein Streich war, auf eine schon bemerkenswerte Weise Fakten und Fantasie zu einer Melange geronnen.

UNVORHERGESEHEN

Es war das progressive und als progressiv von der Partei eingeschätzte Hamburger Studententheater unter der Leitung des jungen Claus Peymann wieder einmal beim Rostocker Studententheater unter der Leitung des sympathischen Vietinghoff zu Gast, und da ließ es sich der Theater-Generalintendant der Stadt nicht nehmen, die westdeutschen Kollegen zu einem Höflichkeitsbesuch einzuladen. Während des Small Talks holte Perten aus dem Schrank einen besonders exquisiten Tropfen heraus, einen französischen Cognac edelster Sorte, also für Devisen aus dem kapitalistischen Ausland erworben, und schenkte den Gästen winzigste Schlucke ein und war gerade dabei, die Flasche wieder verschwinden zu lassen, da rief Peymann in fröhlichster Stimmung: Oh, der schmeckt gut, dabei können wir bleiben.

ÜBER DEN VORGRIFF

Im östlichen Deutschland konnte die Geburt eines Buches mit der Geburt eines Kindes verglichen werden, denn hier wie da dauerte es vom Ingangsetzen des Vorgangs bis zum Ausstoß etwa neun Monate, in diesem Falle also für das Verlagsgutachten und das vom Verlag herbeizuschaffende sympathisierende Außen-Gutachten (eines Unabhängigen), für das Einreichen des Manuskripts samt Gutachten zur Druckgenehmigung beim Kulturministerium, für die Suche von Papier bzw. des geeigneten Papiers, das Setzen und das Einrichten und das Anwerfen der Druckmaschine, das Buchbinden usw. (dies alles dauert heute zwei, drei Wochen). Aus diesem Grunde wurden auf den Leipziger und andersörtlichen Buchmessen oft Blindbände künftiger Bücher ausgestellt: da war schon ein Titelblatt zu sehen und die Andeutung eines Buches durch das Zusammenkleben leerer Blätter. Der Hinstorff-Verlag hatte das eher verzichtbare positive Produktionsstück *Terra incognita* vom Dichter Kuba herauszubringen, und als Wolf Biermann diesen Blindband durchblättert hatte, fragte er den Cheflektor: Kann das nicht so bleiben?

DIE BESONDERE TRAGIK

Der Dichter Kuba war innerhalb des ziemlich kleinbürgerlichen Landes und seiner ziemlich kleinbürgerlichen Hauptpartei ein Enfant terrible, nämlich ein zum Linksradikalismus neigender dogmatischer Haudegen. Er sah sich als einen der wenigen wirklich revolutionären Autoren, er noch immer auf der Barrikade des Klassenkampfes, und mit diesem gesteigerten Selbstbewusstsein reisten er und der Generalintendant mit dem Rostocker Theater zu einem Gastspiel nach Frankfurt am Main, befördert von Jugend-Verbänden. Die Studenten aber, ebenfalls in revolutionärer Selbstbefeuerung, diskutierten die Rostocker in Grund und Boden – sie redeten und schrien von kleinbürgerlichem Quark, der ihnen da angeboten wird, und dass Kunst überhaupt reaktionärer bildungsbürgerlicher Scheißdreck ist und sich nicht zum gesellschaftsverändernden Kampf eignet, dazu noch diese elendige stalinistische Komponente als Ausdruck der asiatischen Despotie des 19. Jahrhunderts. Kuba sah sich erneut auf der Barrikade des Klassenkampfs, nun jedoch stand der Feind nicht rechts, sondern noch mehr links außen als er, und das machte ihn so hilflos wütend, dass er sich dort einen Herzinfarkt und den Tod holte, er starb auf der Barrikade, aber einer unverhofften.

IN HÖCHSTER NOT

Natürlich bedeutete die internationale Leipziger Frühjahrs- wie die Herbstmesse, nicht zuletzt die der Bücher, für die Sicherheitskräfte des Landes eine Zeit des Ausnahmezustandes, eine Alarmstufe kurz vor der eines Krieges. Und so konnte es schon mal passieren, dass sich zwei Kollegen des Hinstorff-Verlages gegenseitig anzeigten, nicht wissend, dass jeder von ihnen informeller Mitarbeiter ist. Cheflektor Kurt Batt konnte sich darüber ausführlich und herzlich amüsieren.
Dies wissend, erhielt der Autor J., als die erste von drei Lizenzausgaben bei Suhrkamp erschien, eine Einladung der (Chef-) Lektorin Elisabeth Borchers, die für dieses sein Buch zuständig war bzw. sein Erscheinen angeregt hatte. Sie plauderten über dies und über das, und irgendwann fragte sie ihn, ob er nicht mal für eine halbe, dreiviertel Stunde den Suhrkamp-Stand betreuen bzw. bewachen könnte, sie würde gern eine Kleinigkeit essen gehen. Zur Höflichkeit erzogen, sagte er zu; er blickte dann, von Neugier verführt, in alle diese Kabinen-Schränke, und sah: sie waren, von oben bis unten, mit Ersatz-Büchern, auch den ganzen Taschenbuch-Reihen, den so begehrten, gefüllt – es war wie ein Paradies hoch drei. Und vielleicht versteht der Leser (besonders der ostdeutsche), dass ihm der Schweiß ausbrach. Er dachte daran, dass er jetzt, erstens, von allen möglichen Spitzeln beobachtet werde und dass es sich, zweitens, nicht gehört, westdeutsche Gäste auf dem Boden der DDR, noch dazu mit so viel Vertrauen, zu beklauen, dass aber, drittens, ohnehin alle (oder ein Teil der) eingeführten Bücher hierbleiben (müssen) und dass ja nur einige, die dringlichsten Exemplare den Besitzer wechseln sollen. Zu-

sammengefasst: Er hat lediglich zehn Bücher beim benachbarten Hinstorff-Verlag erst einmal deponiert, eichhörnchenähnlich; der Missgriff war, dass zwei Martin-Walser-Erzählungen wenig später auch im Osten das Weltlicht erblickten.
Erst viel später dachte er daran, dass ihm die Grande Dame vielleicht etwas Gutes tun wollte.

DRAUSSEN, OHNE TÜR

Der Schauspieler Klaus Piontek war nicht nur häufig in Egon Günthers Filmen der Hauptdarsteller, sondern auch einer seiner besten Freunde. Als es den höchst anerkannten Regisseur hierzulande nicht mehr hielt (dieser Provinzialismus, diese Bürokratie, die Zensur usw.), merkte er erst in München, wie Freiheit sich anfühlen kann, so schön und doch ohne alle Bindungen, ohne alle Verpflichtungen, ohne alle Freunde (und Feinde). und obwohl er noch glimpflich davongekommen war (er bekam den einen oder anderen großen Auftrag), sah ihn Piontek, beim Besuch, als einsamen, unglücklichen Kerl, der sich nach Brandenburg (zurück) sehnte, aber das, wie er meinte, öffentlich nicht zugeben konnte und sich so doppelt angemeiert fühlte – der große alte Mann.

HINDERNIS

Einmal, abends und nachts, erzählte der große Mime Piontek in der Künstler-Herberge Schloss Wiepersdorf dem Schriftsteller J. von diesem seinem Leben, das ja eigentlich als durchgehend erfolgreich gelten konnte, als höchstlich zufriedenstellend, die Premieren und Prämien und Preise bei Film, Fernsehen und Theater häuften sich in letzter Zeit, die landesweite Anerkennung ließ nicht von ihm ab. Und doch sei da etwas, das ihn nie wirklich frei sein lässt, ewig in der Reserve, das ihm jegliche letzte, starke Bindung versagt, ein natürliches Engagement, und das zu allem und jedem. Es ist dieser ungeheuerliche Treck aus Ostpreußen, den er mit zwölf Jahren erleben musste: es war für ihn alles so furchtbar, so abgrundtief erschreckend, so unmenschlich, was er da sah, so unglaublich, wie sich Erwachsene verhalten können, so unfassbar, wozu der Homo sapiens fähig ist – es bedeutete für ihn einen Schock, aus dem er nie mehr wirklich herausfand, er, der Held des öffentlichen Lebens, der Gefeierte, der Überflieger.

KONSEQUENZEN

Der Autor Hans-Jürgen Steinmann, über Jahrzehnte ein treuer Parteisoldat, ein lieber, eher langweiliger Mensch, sah sich zunehmend von seiner Frau nicht mehr wirklich geliebt und die Familie zerrüttet, er sah Veröffentlichungsschwierigkeiten im Verlag, er sah Probleme mit seiner Heimat, der Partei, mit dem Staat, mit der Welt – er sah sich gänzlich isoliert, sein Leben als sinnlos. Deshalb stieg er eines Tages auf einen Stuhl in der Küche und hängte sich auf. Nach einer Zeit riss das Seil die Verankerung aus der Decke, er stürzte bewusstlos zu Boden, ein Rettungswagen hielt, was der Name versprach.
Er wurde für viele Monate von der Familie gemieden, vom Verlag, von der Partei, vom Staat, halbherzig von den wenigen Freunden, er war isolierter denn je. Aber er musste leben.

VERSTÖSSE

gegen das Klischee sind möglicherweise das am meisten Verstörende.

Einmal wollte Christa Wolf, so erzählte sie, Anna Seghers in dringender Angelegenheit sprechen, war auch angemeldet, wie üblich, doch die Haushaltshilfe ließ sie nicht herein, sie sagte, es ginge Frau Seghers gar nicht gut, ja, sie wisse auch nicht, wohl ein altes Leiden, die Beine, sie brauche Ruhe usw., bis Christa Wolf meinte, umso mehr müsse sie sich kümmern und Einlass bekommen und marschierte dann einfach durch. Und sah im Wohnzimmer die, wegen ihrer sachlichen Schreibweise, als herb geltende Seghers schluchzend vor dem Fernseher hocken. Sie hatte soeben des jüngeren Dumas Rührstück *Die Kameliendame* gesehen und war so ergriffen, dass sie nicht mehr an sich halten konnte, es aber niemand zeigen wollte, selbst (oder besonders) ihrer nunmehrigen Freundin nicht.

EIN SCHWIERIGER FALL

Anna Seghers hatte eine beeindruckende Geschichte über einen Widerstandskämpfer auf der Flucht geschrieben, einer, der kurzzeitig in einem See untertaucht und durch ein Schilfrohr atmet und sich so rettet. Autor Eberhard Panitz stellte allerdings, bei aller Verehrung der Seghers, fest, dass gewöhnliche Schilfrohre so viele Knoten im Stängel haben, dass dies nicht möglich ist. Eine Zeit lang behielt er dies für sich.

DAS NEUE ZIEL

Mit Lesungen aus seinen autobiografisch geprägten Romanen *Der Findling* und *Der Zögling*, mit der einfachen, bildstarken Sprache darin wusste der einstige Bergmann Herbert Jobst über Jahre hinweg die Säle zu füllen, fünfhundert, sechshundert Zuhörer waren keine Seltenheit. Doch einmal stand der Autor in der Provinz vor einem leeren Gebäude: es hatte der Klubhausleiter den Termin versummst. In seiner Pein(lichkeit), seiner Not erwischte der drei Putzfrauen und einen Klempner auf den Korridoren der Weitläufigkeit und zwang die, sich der Lesung zu stellen. Diejenigen waren aber über die ungewöhnliche Arbeitsunterbrechung nicht im Mindesten erfreut, sondern ob der überraschenden und gewaltsamen Anordnung so in Rage, dass sie zwar den Dienst nicht maulend verweigerten, doch den Protest dadurch deutlich werden ließen, dass sie dem Schriftsteller den Rücken zukehrten.

Nun bestand die ganze Aufwendung seiner Vortragskunst darin, die stillen Verweigerer für sich zu gewinnen. Und tatsächlich: nach etwa zwanzig Minuten, wie er erzählte, hatte er die Frauen und das Männlein so weit, dass sie sich umdrehten, ihn bei seinen Bemühungen betrachteten, an den heiteren Stellen sogar vorsichtig kicherten und ihm überhaupt aufmerksam zuhörten.

NACH ALTEM RITUS

Wie der Papst im 16. Jahrhundert für die Streithähne, die Großmächte Spanien und Portugal, die Welt aufteilte, so soll es eine gütliche (güterliche) Einigung der beiden politisch sich bemühenden Abenteuer-Kolportage-Autoren Wolfgang Schreyer und Harry Thürk gegeben haben. Beide ernsthaft beginnend, gaben sie sich, nach Restriktionen, mehr und mehr der staatlich gewünschten Fantasie hin, und so übernahm der Eine vom Erdball Nord-, Mittel- und Südamerika inklusive Karibik, während der Andere besonders den ostasiatischen Raum bis zum Indischen Ozean an sich riss. Wer allerdings bei ihnen die Rolle des Papstes spielte, ist nicht bekannt.

der Halleschen Liedertafel, einer großartig gemeinten Vereinigung von Lyrikern und Lyrik betrachtenden Männern, also Germanisten, war von Unwägbarkeiten begleitet. Bei der Eröffnungs-Tagung bzw. der Abend-Zusammenkünftelei in einer heruntergekommenen Wohnung in einem heruntergekommenen Haus wusste der vorläufige Vorsitzende, Wilhelm Bartsch, in den ersten beiden Stunden der Poesie einiges abzugewinnen bzw. abgewinnen zu lassen, dann aber, folgend einer Periode gegenseitiger Beschimpfungen und Zurücknahme der Beschimpfungen, gewann der hochprozentige Begleiter an Bedeutung, bis die Tagung in einer Nacht des Besäufnisses unterging und die Tafel, trotz späterer Bemühungen, nie mehr so recht auf die Beine kam, dafür aber viele Jahre als Legende umso lebendiger durch den Raum schwebte, in Halle und den umliegenden Provinzen. Selbst des Staates Sicherheitsbehörde vermochte, trotz aller Anstrengungen, die verschollenen Geheimnisse nicht zu lüften.

KAMPF DER GIGANTEN

Es ist nicht immer klug, sagte Autor Joachim Rähmer, jederzeit und überall die Klassenfrage zu stellen. Romankonstrukteur Neutsch aber tat das oft und offenbar mitunter gedankenlos und wenigstens einmal zu viel.

Bei einer dieser Schriftstellerverbands-Jahresendtagungen mit anschließender Sause fanden die Kellner des Werktätigen-Erholungsheimes, benannt nach dem altvorderen Revolutionär Fritz Heckert, dass es jetzt nachts halb eins ist und sie lange genug auf den Beinen waren und dass die Damen und Herren Literaten ausreichend besoffen sind, und sie wollten von nun an weder Bier noch Schnaps ausschenken, sondern lieber nach Haus und ins Bett, am liebsten beides gleichzeitig, so müde, sagten sie, seien sie. Da nun stellte der, ansonsten für internationale Solidarität eintretende, ja kämpfende, an umfangreichen Büchern reiche und mit umfangreichem Leib gesegnete und gewiss deshalb besonders selbstbewusste Autor die entscheidende Frage: nämlich (und hier machte er eine bedeutungsvolle Pause) ob in diesem Lande die Arbeiterklasse und als Vorhut ihre revolutionären Schriftsteller regieren (darunter sogar Nationalpreisträger) und damit die Zeit bestimmen oder diese schwulen Herren Kellner. Im Übrigen vertrete er hier die Bezirksleitung Einheitspartei. Also raus mit der großen Pulle! – Nein, sagten da die Herren Kellner, Ordnung muss sein, und wer auch immer in diesem Land das Zepter hat oder führt, ihr Arbeitsvertrag kenne die Polizeistunde und sie seien gewerkschaftlich organisiert (der dicke Romancier erlaubte sich, höhnisch aufzulachen), da könne der

Genosse Alkoholiker noch so pöbeln, wir wollen doch mal sehen, wer hier recht bekommt.
Und siehe da: Die Kellner gewannen im Prozess. Und die Schriftsteller allesamt erhielten statt des erwarteten Siegs ein Hausverbot.

DER GROSSE WURF

Den Dessauer Joachim Specht hatte es als jungen Mann für einige Jahre nach Australien verschlagen. Hier musste er begreifen, dass für einen Streckenbauarbeiter der Eisenbahn Karriere und Reichtum nicht auf der Straße liegen, und so kehrte er enttäuscht in seine Heimatstadt zurück, um weiterhin als Schlosser sein Brot zu verdienen. Dann förderte ihn Autor Werner Steinberg zu einem bekannten Schriftsteller, der besonders mit seinen, auch sozialkritischen, Abenteuerbüchern über den sogenannten fünften Kontinent erklecklichen Erfolg hatte. Gerade in Schulklassen brachte es ihm, wenn er ein mitgebrachtes edles Bumerang-Set zeigte, außerordentliche Pluspunkte ein. Auch die Presse berichtete ziemlich emphatisch.

Dass er mit dem Set notfalls umzugehen weiß, wollte er einmal einem jungen Kollegen beweisen, und so zogen sie zu einer Wiese des Schillerparks, und Specht ließ, mit einigen Erklärungen nebenbei, die großen, die mittleren und die kleinen Bumerangs fliegen, doch keiner kam, entgegen der Erwartung, zum Ausgangspunkt zurück. So mussten sie beide, zum Unverständnis der Vorbeiflanierenden, fast eine Stunde über die Wiese robben, um das seltene Gehölz wiederzufnden.

Auf dem Nachhauseweg sagte er: Vielleicht bin ich nicht lange genug in Australien gewesen.

DER FALL

Die Stufen des Niedergangs wurden von den Berichterstattern in die Worte gefasst: kippeln, schwanken, kippen, stürzen, mitreißen, endgültig zu Boden gegangen – eine große, eine herzzermürbende Tragödie, könnte man glauben.

Der Vorgang war aber deutlich harmloser: Bei einer Delegiertenkonferenz der Einheitspartei saß im Präsidium auch der trinkfreudige Romancier und große Genosse Neutsch, und es mag sein, dass er sich langweilte, und es mag sein, dass der Alkohol seine Gleichgewichts-Wahrnehmung beeinflusste – jedenfalls kippelte er eine Zeit lang mit dem Stuhl da oben, verlor dann jedoch alle Stütze, die Schwebe, die Gravitationskontrolle, er kippte nach hinten ab, griff in seiner Not rückwärts in den postierten Fahnenwald, riss die roten Fahnen und die mit den Farben der Nation aus den Führungsringen, stürzte nun endgültig und fand sich, auf den Dielen liegend, unter all dem Stoff begraben.

Er hat es überlebt. Auch das Entsetzen und das allmählich anhebende, noch zögerliche Gelächter.

WIE MAN SICH BETTET ...

Die Eitelkeit als kreative Triebkraft im Bezirk der schönen Künste – ist darüber schon ausreichend geschrieben worden? Jedenfalls ist die Frage der Auflagenhöhe des neuen Buchs, ob Hardcover oder nur Taschenbuch, welcher Honorarsatz gezahlt wird, wo die Lesereise beginnt (Hauptstadt oder Provinz), welchen Preis der Freund bekommt, der Kollege, der Konkurrent, der Gegner, das Miststück von Genie, der leider Hochbegabte, wichtiger als alle Krisenfelder der Menschheit, und in welche Akademie wird welcher Bildende aufgenommen, wer veranstaltet die renommierteste Ausstellung, welche Rezension wird wie lanciert, für welches Konzert engagiert sich wo und weshalb welcher Dirigent und welcher Sänger wird bevorzugt: dergleichen unendlich mehr.

Auch das künftige Grab spielt eine gar nicht zu überschätzende Rolle. Für alle Berliner Kunstwerker ist der Dorotheenstädtische Friedhof das Maß aller Dinge; ein Gremium entscheidet, ob der Abgelebte von solcher nationaler Bedeutung ist, um neben Hegel, Fichte, Heinrich Mann, Brecht, Becher, Anna Seghers usw. seine letzte Ruhestätte zu finden, und so kämpfte auch Lyriker K. darum, doch das Gremium war, verdammt noch mal, im Zweifel. Möglicherweise hat K. diese Schlacht und der begleitende Verdruss so erschöpft, dass er bald darauf starb, aber, siegreich, an gewollter Stelle zu liegen kam.

Der Klassenkampf hatte sich gelohnt.

EINE LEICHTE ÜBERTREIBUNG

Der Schriftsteller Steinberg huldigte, sagte sein älterer Sohn, einer strengen Kleiderordnung, wenn es um sein Erscheinen bei der Lesung eines Kollegen ging. Er tat das ihnen zu Ehren und um ihrem sozusagen natürlich gewachsenen Geschmack entgegenzukommen. So trug er bei Autoren, die bekanntermaßen, so seine Worte, einem höchst bourgeoisen Clan entstammten, Samtjacke und Fliege, bei einer durchschnittlich bürgerlichen Familie als Hintergrund ein einfaches Jackett und Schlips, bei den dem Kleinbürgertum Entlehnten eine modische Kunstlederstrippe und eine leichte Sommerjacke auch im Winter, bei proletarischen Typen offenes Hemd, gern sogar kariert, und Strickjacke oder Pullover, bei als solche renommierten Kolportageautoren ein Hemd mit Hawaii-Muster, bei Lyrikern prinzipiell alles in Schwarz.

Er wählte jedes Mal sorgsam aus, was er anzuziehen gedachte. Selbst im Sozialismus sollten noch ein wenig die Klassenunterschiede zur Geltung kommen, sagte er, und er sagte: das vertrete er auch als Mensch.

DER PERFEKTIONIST

Schriftsteller Siegfried Pitschmann kam aus dem Uhrmacher-Handwerk, und die dortige übliche Präzision brachte es mit sich, wie er seine *Karo*-Zigaretten auf dem Schreibtisch ordnete, wie er das Manuskript seines Schülers J. durchackerte, wie er sich beim Verfertigen von Miniaturen und Kurzgeschichten um jedes Wort, mitunter um Silben mühte – es gibt für die Beschreibung dieses Manischen verschiedene Vokabeln.

Und es gibt die von ihm bestrittene Legende: Einmal soll er seinem Lektor geschrieben haben, dass er nun, nach reiflicher Überlegung, ein Komma in ein Semikolon gewandelt habe. Zwei Tage später hätte den Lektor ein weiterer Brief erreicht mit der Ankündigung: Das Semikolon ist zurückgenommen.

MINIMALISTISCH

Der schlechte Schreiber Wesolek, dieser in Unehren entlassene Oberst der Nationalen Volksarmee, der durch Langeweile, also ein Versehen bei der Schriftstellerei landete, verfasste einen Roman mit dem Titel *Riffe*. Die Überschrift der Rezension in der Zeitschrift *Neue deutsche Literatur* lautete, zusammenfassend: *Aufgelaufen*.

MARKIERUNGSVERSUCHE

Ja, in Kattowitz, wo sein Vater auf Ingenieur studiert hatte, lernte J. den Autor und Diplomaten und Verbandsvorsitzenden und Rayonabgeordneten, wie er scherzhaft sagte, Wilhelm Sczewcyk kennen. Nach einer langen Nacht mit seinen trinkfesten Kollegen und ihm fragte ihn J. nach dem sehr preußisch klingenden Vornamen (im Gegensatz zu dem sehr polnisch geschriebenen Nachnamen), und der erklärte ihm, dass das sehr kaiserliche Deutschland auch im einverleibten sogenannten Westpreußen, wo hauptsächlich Polen lebten, eine nichtslawische Kultur durchsetzen wollte und dass dieses Vorhaben schon mit den Vornamensgebungen begonnen wurde. Wenn also eine *polakische* Familie bereit war, ihren Sprössling mit einem arischen Namen zu versehen, bekamen sie von der Behörde mehrere Pfund Lebensmittel (Weizen, Bohnen, Gries, Kartoffeln, ein Linsengericht), und das war, ein Jahr nach Beginn des Ersten Weltkriegs, nicht wenig.

J.s Vater wurde, wegen seines polnisch klingenden Nachnamens, mehrfach darauf angesprochen, diesen ändern zu lassen, ihn einzudeutschen, es könnte eine Karriere bei den Junkers-Flugzeugwerken befördern. Doch darauf ließ er sich, im Gegensatz zu vielen, schon aus Achtung vor seinem Vater nicht ein.

ACH JA

Als ich das erste Mal zu einem polnischen Dichtertreffen eingeladen wurde, erklärten die Kollegen, dass der Name Jendryschik hierzulande einen guten Klang hätte, besonders, wenn man ihn auf der zweiten Silbe betont, und ich sollte mich nicht grämen, Deutscher zu sein. Der Name sei auch deshalb in aller Munde, weil die Jendruschka als einstige Sex-Bombe der polnischen Cineastik gilt, und ich entsann mich, diese wirklich attraktive ausladende Schauspielerin in einem Film von Andrzej Wajda gesehen zu haben. Die Kollegen deuteten an, mich mit ihr bekannt zu machen, doch es kam nie dazu, dass mich diese Frau in ihre vielleicht sogar entfernt verwandtschaftlichen Arme schloss. Ich bedauere das noch heute. Auch im Rahmen der Völkerfreundschaft.

DIE FEHLERSAMMLUNG

Der junge F., der seinen ersten Erzählband veröffentlicht hatte und als Hoffnung galt und zum Buchbasar in Rostock eingeladen war, wurde mit dem berühmten Verfasser auflagenstarker Romane, Icchokas Meras, bekannt gemacht. Der Debütant stammelte, wie sehr er sich freue, einen so berühmten sowjetischen Schriftsteller kennenzulernen und welcher Beliebtheit sich einige neuere Bücher der Sowjetliteratur hierzulande erfreuten, und wiederholte, wie sehr er sich freue, während sich das Gesicht von Meras immer mehr verfinsterte. Der Ältere erklärte dann dem jungen Mann kurz, dass er sich nicht als einen sowjetischen Autor sehe, sondern, und das sei ihm wichtig, als einen litauischen, und eigentlich sehe er sich auch nicht als einen litauischen, vielmehr, und das sei ihm wichtig, als einen jüdischen. Im Übrigen pfeife er auf jedwede Berühmtheit, wenn er nur seine Themen loswerde. Und belehrte so den Anfänger, dass der innerhalb nur eines Satzes drei schwerwiegende Fauxpas begangen hatte.
(Jahre später emigrierte Meras nach Israel.)

ÜBER DIE BANDE GESPIELT

Als das Reitervolk einst die Groß-Mongolei verließ und nach Jahrhunderten im pannonischen Becken landete, sah es an einer Wegkreuzung ein Schild mit dem Richtungshinweis *Finlandia*. Und alle, die lesen konnten, sind nach Finnland weitergezogen, die anderen blieben in Ungarn. Erzählen die Ungarn.
Während eines internationalen Schriftstellerkongresses in Sofia erfuhr ein ungarischer Autor, dass am nächsten Vormittag ein weiterer Vertreter seiner Sprachgruppe, also ein Finne, eintreffen würde. Mit dem könnte er dann reden, durch ihn wäre er nicht so isoliert, und er freute sich sehr und teilte es allen mit. Und der Finne kam und erzählte seine Storys, rede- und weltgewandt, allen auf Englisch, und der ungarische Kollege musste begreifen, nach dem ersten Verständigungsversuch in der Landessprache, dass in den letzten Jahrtausenden die Teile der finno-ugrischen Wortfamilie auseinandergedriftet sind und ein Gespräch nicht (mehr) möglich ist. Und so sagte der Finne seine Sätze einem Dolmetscher in Englisch, und der sagte einem zweiten Dolmetscher diese Sätze in Russisch, und der zweite Dolmetscher sagte die russischen Sätze in Ungarisch dem Budapester. Wenig später weinte der Budapester kurz; er hatte seine Einsamkeit verstanden.

DIE KREATION

Wenn einer eine andere Sprache nicht zu hundert Prozent beherrscht, sagte der verehrte Lyriker, und manchmal nach dem geeigneten Wort sucht oder der Wortverbindung, kann es zu besonders poetischen oder entlarvenden Vokabeln oder Satzzusammenhängen kommen. Als wir, einige sächsische Autoren, die Gelegenheit bekamen, einen hohen Staatsfunktionär Bulgariens zu befragen und ein offenes Interview ausgemacht war, sahen wir, wie sehr dem Politiker einige Fragen unangenehm waren, wie er auszuweichen suchte, den Nachdenklichen spielte, mit Scherzen ablenken wollte, mit Verweisen auf unser Land, unsere ganz andere Mentalität (ihr könnt uns gar nicht verstehen), und wir beobachteten ihn (und ließen es ihn spüren), wenn er sich wand oder log.

Als wir danach noch beisammenstanden (ohne ihn), sagte die Dolmetscherin, ein bisschen (an)klagend, ein bisschen bewundernd: Ihr habt aber auch sein Gesicht ausgeplündert.

STILLES BALTIKUM

Bella Achmadulina, die berühmte russische Lyrikerin, bildete mit einem unbekannten litauischen Prosaautor eine sowjetische Delegation und wurde vom Halleschen Schriftstellerverband auf das Herzlichste willkommen. Als die schöne Bella von Heinz Czechowski auch als Geliebte Jewtuschenkos vorgestellt wurde, korrigierte sie ihn: Jewtuschenko wäre *ihr* Geliebter gewesen, das sei ein kleiner Unterschied, und redete von nun an ziemlich viel, das heißt: ununterbrochen. Nach etwa zwei Stunden fiel ihr auf, dass ihr Kollege bisher gar nicht zu Worte gekommen ist, und sie fragte ihn, wie er über all die Dinge denke, und er sagte nur drei Silben: positiv, und schwieg auch in der letzten Stunde gänzlich.

DIE FRAGE DER WERBUNG

Bei einem nicht zufälligen Zusammentreffen fragte der Geheimdienstoffizier den in seiner Umgebung ziemlich beliebten Fotografen W., ob er nicht mal ab und zu einen Bericht über den mit ihm gut bekannten, wenn nicht gar befreundeten Schriftsteller Loest schreiben würde, die Nachrichten könnten auch mündlich gegeben werden.

Empört lehnte der Fotograf ab.

Und wie wäre es, fragte der Offizier, wenn sie ihm Beweise auf den Tisch legen, dass der Schriftsteller seit einem halben Jahr ein Verhältnis mit des Fotografen Frau hat?

Empört sagte der Fotograf zu.

DIE BESONDERE HERZLICHKEIT

Da auch die kärglichsten Ansätze von Pornografie im östlichen Deutschland einem strikten Verbot unterstanden, waren nicht nur die Ansätze auf dem Neugier- und Gesprächsfeld ziemlich präsent und für mancherlei Scherze gut. Wie auf allen anderen Gebieten hatten auch hier die Beziehungen (*Vitamin B*), im Gewerkschaftsdeutsch: höchste Priorität, es wurde getauscht und gehandelt und *beschafft*, doch der Bedarf schien unermesslich. Deshalb mussten die in den Westen fahren dürfenden Rentner ran. Es konnte passieren, dass der jeweils ältere Bürger gar nicht wusste, dass ihm hier die Kinder, als Anzahlung sozusagen, ungarische Salami oder preisgünstige Kinderkleidung oder seltene Briefmarken oder Bücher mit in den Koffer packten und dass ihm im Westen neben Kaffee, Schokolade, Zigaretten und Konservenbüchsen mit Südfrüchten noch einiges mehr beigegeben wurde. So schwärmte unser Nachbar Krause, wie rührend sich doch neuerdings seine Söhne um ihn kümmern: sie ordnen ihm das Reisegepäck, sie bringen es für ihn und mit ihm zum Bahnhof, sie holen ihn vier Tage später dort ab, und schon in der Straßenbahn lugen sie mal in den Unterboden des Koffers, von dem er gar nichts wusste, und er ist dann jedes Mal erstaunt, was für bunte Hefte und Kassetten mit großbusigen nackten Frauen da zum Vorschein kommen. Aber wenn es ihnen nützt, sagt er, ist er zu jedem Kurierdienst bereit.

VON DER HÖHEREN HEITERKEIT

Um eine Frau zu beeindrucken, sagt mein Freund Kurt, ist es immer gut, wenn der Mann nicht nur über charakterliche Vorzüge verfügt, sondern ebenso über besondere handwerkliche Fähigkeiten, Ruhm, Geld, Humor, Ansehnlichkeit oder Bildung. Beim Dichter Georg Maurer trafen Ruhm und Bildung zusammen, dazu kam ein ausgeprägter Alterscharme. Da er gern und ausführlich aß, setzte er sich im Schriftstellerheim Petzow, genutzt als Arbeitsstätte und Erholungsherberge, nie mit Männern an einen Abendbrottisch (bei denen er ähnliche Fressgelüste befürchten musste), sondern nur mit reifen, auch unreifen Frauen, von denen er wusste (oder ahnte), dass sie sich von seinem Wissen über die antike Götterwelt und die dramatischen Verwicklungen in ihr sowie seine sprichwörtliche Erzählkunst tief beeindrucken lassen würden und dass ihm dann nicht nur sein Teller den Mund bereichern sollte, sondern dass ihm auch die anderen Teller für diverse Proben mit der Gabel näher geschoben werden. So füllten sich aufs Angenehmste sein ziemlich irdischer Magen und die Köpfe der Damen mit den ungeheuerlichsten himmlischen Geschehnissen, und sein Ruf als begeisternder Gesellschafter und verzaubernder Unterhaltungskünstler übertraf bei weitem den aller seiner Kollegen.

UWE GRESSMANN

Seine Beine waren ganz lang und dürr und konnten ohne weiteres als Stelzen durchgehen, und sein Kopf glich dem eines Spechtes, es war zu sehen, dass er, der staatlich angestellte Postbote, gleich einen Brief aufpickt und ihn, fliegend, dorthin bringt, wo er schon sehnsüchtig erwartet wird.
Doch der seltsame Vogel hatte nicht nur die Gesetze der Aerodynamik im Hirn, sondern auch die poetischen Paragraphen der Gleichheit, der Demokratie. Er fand im zu preisenden Fernsprechbuch *Staat und Gesellschaft in all ihren Seiten gedruckt … Denn alphabetisch geordnet und nicht nach dem Rang folgt da und steht der Minister neben dem Schneider* (herein, wenn er ein solcher ist), *dem Schmied, dem Künstler, dem Wissenschaftler. Und so durchblättert ihr sie selber: die klassenlose Gesellschaft. Und Unterschied stellt den Besen hin und verschwindet im Hausflur und schließt die Tür von draußen.*
Und auch mit dem Kosmos knüpfte er Bande und den Symbolen, und mit den Perspektiven sprach er so, dass die manchmal nicht mehr wussten: werden sie gerade auf die Schippe genommen oder gehören sie zur Mannschaft einer künftigen Utopie.
Natürlich starb er zu früh, möglicherweise nicht nur an körperlichem Hunger. Einer der Freunde sagte, dass er jetzt wohl endgültig bei der Luftpost gelandet ist.

DIE STELLVERTRETUNG

Während eines gemeinsamen Spazierganges in eher ungeordneter Waldfläche erlaubte sich J., ein paar freundliche, fast verehrende Sätze über Volker Braun zu sagen, was den beinahe ein Jahrzehnt älteren Rainer Kirsch zu einem langwierigen Vortrag über dessen poetischen Aktionismus und dessen politische Naivität hinriss. Inzwischen im dichteren Unterholz gelandet, geriet K. immer mehr in Rage und stapfte immer schneller, sodass J. die Zweige nur so um die Ohren und ins Gesicht flogen. Da er Schritt zu halten gedachte, wurde die Pein umso größer, als K. auch noch darauf zu sprechen kam, dass Braun unfähig wäre, einen richtigen Vers zu fügen, und schimpfte über weitere geschluderte Strukturen. Und auch Gosses überdrehte Wortzerstückelungen könnten ihn dazu verführen, schnaufte er, dessen Bücher in hohem Bogen in die Ecke zu pfeffern.

Nach einer halben Stunde, als sie aus dem Unterholz traten, war das Gesicht des J. so zerschrunden, dass auch Kirsch erschrocken war und ihm Hilfe anbot.

BEI EINER SITZUNG

des Berliner Schriftstellerverbandes kam es zu einer heftigen Auseinandersetzung darüber, ob Passagen in Andrzej Wajdas Film *Gelobtes Land* antisemitisch wären oder einfach, die Zeit vor dem Ersten Weltkrieg schildernd, als zur Atmosphäre gehörig. Stephan Hermlin hatte sich ziemlich erbost über diesen polnischen Schmutz und wollte das Machwerk, wie er sagte, am liebsten verbieten lassen, während andere, auch von ihm geschätzte Autoren ebenso in Rage dagegenhielten. Als sich ebenfalls Dichter Paul Wiens einmischte und Hermlin nicht unterstützte, soll dieser ihm zugerufen haben: Du, Paul, sei doch ganz still, du bist doch nur Halbjude.

ÜBER DIE WIRKLICHEN WERTE

Der erfolgreiche Komödien-Schreiber Rudi Strahl hielt sein teures Auto der schwedischen Marke Volvo für zu empfindlich, ihm alle östlichen Straßen zuzumuten, auf alle Fälle die letzten anderthalb Kilometer Schlagloch-Piste bis zu seiner Datsche. Deshalb hatte er dort, wo der ordentliche Asphalt endete, ein Auto der heimischen Marke Trabant geparkt, in das er nun stieg, und mit dieser robusten Ost-Pappe schaukelte er über die zum Teil erheblichen Wegedellen bis zu seinem nur langsam näher kommenden Wochenend-Paradies.

ZWEI SICHTEN

Es gab einen berühmten Spruch, der da lautete: Lieber vom Leben gezeichnet als von Sitte gemalt.
Einer dem Willi Sitte, Präsident des Verbandes und Mitglied des Zentralkomitees Einheitspartei, wohlwollender Kollege sagte leicht erbost in einem Interview: Wer so redet, mag Sitte kennen, aber nicht das Leben.

DER AUSBRUCH

Der Großmeister Gerhard Kurt Müller, zeitweilig auch Rektor der Leipziger Kunsthochschule und sich in allen bildkünstlerischen Gattungen umtuend, hatte als seine liebsten und bedeutendsten Schüler seltsamerweise drei absolute Nicht-Maler, drei einzig der Grafik sich hingebende Adepten: den Holzschneider und -stichler Karl-Georg Hirsch, den Schablithographen und Zeichner Rolf Münzner, den Kupferstecher Baldwin Zettl.
Alle zehn Jahre einmal um Mitternacht schreit es aus dem Einen, wie er erzählte, klagend heraus, warum er denn, um Gottes willen, nicht Maler wurde, andernfalls hätte er doch zehnmal so viel Geld ergattert und zehnmal so viel Ruhm und zehnmal was noch alles – um sich am nächsten Vormittag wieder brav ins Joch der Grafik zu begeben und schier pausenlos weiterzuarbeiten.

FÜR EINE BESONDERS BEGEHRTE PIGMENT-VERBINDUNG

Damit sie halbwegs mit guten Farben versorgt seien, gab es für die Mitglieder des Verbandes der Bildenden die Läden des sogenannten Künstlerbedarfs, Anlaufstellen eines inneren Zirkels. Da waren die Amateure (wie) natürlich ausgeschlossen. Ein Freund des Zeichners Joachim John, ein Unverbandlicher der eher naiven Stilrichtung, ein Könner, wie John sagte, ging deshalb im Herbst 89 auf die Straße mit dem Plakat *Deckweiß für alle!*

DER PERSPEKTIVWECHSEL

Im Frühjahr 81 war der Verlagslektor in die Stadt Leipzig zum Rhapsoden-Dichter A. gefahren und hatte dessen Manuskripte dreier halbfertiger Bücher auf den Tisch gelegt und gefragt, welches der Projekte zuerst fertig werden würde, was für den Druck forciert werden sollte. Da sagte der Dichter, dass er, vorerst, vorläufig, vielleicht in den nächsten Jahren an keinem der Texte weiterarbeiten könne, denn er habe große Schulden, und ehe er die nicht abgetragen habe, müsse die Kunst zurücktreten, er mache jetzt, und möglicherweise für lange Zeit, nur noch Brotarbeit, Verse für Schlager und Chansons zum Beispiel.

Der Lektor wusste, dass seit vielen Monaten die Honorare den Dichter nicht mehr erreichen, sondern direkt zum Finanzamt wandern, und der Dichter fürchtete offenbar einen Prozess. Der Lektor hatte ihm über ein Dezennium hinweg alle möglichen Stipendien besorgt, er war so einer der meist geförderten Autoren des Landes, aber seine täglichen Kaffeehaussitzungen, das Ausschlagen eines Kulturarbeitsvertrages mit einem Betrieb (red nicht so geschwollen: er war einfach zur angeleierten Verhandlung nicht erschienen) und dass er einen Freund zum Privatsekretär ernannte samt wenn auch kleinem Gehalt (300) und nicht selten der Alkohol und dass er sich, nach seiner Jugend, nie um einen Job, und sei es ein Halbtagsscheiß, bemüht hatte – das alles war nicht gerade hilfreich für seine monetäre Situation. Ja doch, ja doch, meinte der Dichter, da könne ihm auch der Lektor nicht mehr unter die Arme greifen, er müsse und wolle jetzt klotzen, wirklich, ganz im Dienste des Geldes (und sie lachten beide, in leicht unterschiedlicher Weise), und wenn er seine Defizite ab-

gearbeitet habe, melde er sich wieder. Versprochen und tschüss. Gelegentliche Nachfragen des Lektors brachten nichts Neues, und allmählich verloren sich die Nachfragen, und die Wende kam, und der Lektor, der sich im Neuen Forum engagiert hatte, wurde von einem Stadtparlament in einer anderen Stadt in ein anderes Amt gewählt. Eines Tages las er in der Presse, dass der Dichter in den achtziger Jahren nicht mehr gedruckt wurde (stimmt: er hatte nichts geliefert), dass er der Zensur zum Opfer gefallen wäre (stimmt weniger), und er sprach nicht freundlich über den Literaturinstituts-Direktor, der ihm doch vor Jahren mit einer kräftigen Finanzspritze aufhalf (der gut dotierte jahrlange Sonderlehrgang), bei dem er sich zu vielen essensreichen Plauderabenden einlud und bisschen viel über die Szene redete, während Glucke Elisabeth Semrau ihre segensreiche Hand über das Genie ihres Gastes hielt, er schwieg über den ihm zugeschobenen Literaturpreis (den er zu Recht bekam), er schwieg über all die großzügigen, jedenfalls bei den sonstigen Verhältnissen, Fördergelder, für ein halbes Jahr und noch ein Vierteljahr und noch ein halbes Jahr, er schwieg über vieles, nur nicht über die ihm auferlegte Mühsal in der Diktatur.
Auch der einstige Lektor schwieg. er sah sich als der frühere Betreuer wie ein Arzt: auch der hat sich in der Öffentlichkeit nicht über die Krankheiten seines Patienten zu äußern.

SELTSAMER VORGANG

Im Sommer 90 kam zu dem frisch gewählten Kulturdezernenten der zweiten Bauhaus-Stadt ein Mitarbeiter der SED/PDS-Kreisleitung und erklärte, dass sie gerade dabei seien, ihr Archiv zu beräumen, und da sei ihnen dieses Fundstück, rein zufällig, in die Hände gefallen, die Akte des stadtbekannten Komponisten Fritz Schulze-Dessau, und der Dezernent rief: Ah, mein Musiklehrer, und dann waren vor ihm die Blätter. Er hatte vom Autor Steinberg gehört, dass der den Notenverwalter in einigen Liederbüchern der Hitlerzeit gefunden hatte, und nun sah er die originale Postkarte (und deren Abdruck in der Zeitung): Fritz Schulze ist Ehrengast des NSDAP-Reichsparteitages in Nürnberg, er hat einen Marschlied-Wettbewerb gewonnen und schickt, mit anderen Delegierten, einen begeisterten Gruß an die heimische Bevölkerung. Und danach fanden sich handschriftlich vier Seiten Lebenslauf (mit der Lüge, er habe nur nonverbale Musik geschrieben) und die Bitte um Aufnahme in die soeben gegründete Sozialistische Einheitspartei (der nicht stattgegeben wird). Und dann folgten Urkunden zu Auszeichnungen in den fünfziger Jahren und ein Preis der Gewerkschaft (FDGB), Abrechnungen für Kompositionsaufträge usw.

Der Dezernent dachte, während er noch blätterte: Sie haben den Kram all die Jahrzehnte gehabt und ihn in der Hand, und er fragte den Mann, warum er ihm das gebracht habe, nicht gleich dem Stadtarchiv – da sagte der: Machen Sie damit, was Sie wollen, lächelte und ging.

DEUTSCH – DEUTSCH

Im Frühsommer 90 hatte in Halle ein aus dem Westen kommender Kaufmann (über die Verwandtschaft) ein Restaurant erworben, und zur feierlich angekündigten Eröffnung kam auch viel Volk, um zu sehen, was so einer zu bieten hat. Da es bisher in den Lokalitäten üblich war, dass die Leute von draußen abgeholt und hereingebeten und an bestimmten, von den Obern bestimmten Tischen geparkt werden (der *entscheidende* Satz hieß: Sie werden platziert!), kam es nun zu einem gegenseitigen Missverständnis: drinnen stand das erwartungsvolle mitgebrachte Kellnertum, draußen stand die erwartungsvolle hiesige Bevölkerung – sie verstand nicht, warum sie nicht platziert wird, und das Personal wusste nicht, warum ihre, möglicherweise noch scheuen, Kunden nicht einfach hereinkommen.

DIE VERÄNDERTEN VERHÄLTNISSE

Noch in der Wendezeit sprach Erich Loest in Interviews davon, dass ein Lektor des Mitteldeutschen Verlages ihm in schlimmen Zeiten verschiedene interne Nachrichten und Gutachten und Briefe zukommen ließ, sodass er sich auf Kämpfe, möglicherweise vor Gericht, und verschiedenerlei Zensurmaßnahmen vorbereiten konnte.

Als die ehemalige Chefin diesen Lektor traf, fragte sie ihn, ob das wirklich so stimme und, unausgesprochen, ob er tatsächlich seinen Arbeitgeber so hintergangen habe. Der Lektor erwiderte, dass Literaten schon immer auf der Seite der Schwächeren standen, deshalb sein gewiss problematisches Verhalten (das er übrigens damals überhaupt nicht so sah).

Jetzt sind wir die Schwächeren, erklärte sie für sich und einige andere Verlagsfunktionäre, und fragte ihn, den in eine einflussreiche Position Gekommenen, wie er sich nun ihnen gegenüber verhalten werde.

Da war der einstige Lektor etwas ratlos. Ja: Wie?

WECHSEL, WIRKUNGEN

Der Kulturdezernent der Bauhausstadt hatte, als Vermittlung zwischen den konkurrierenden Haupt-Städten Halle und Magdeburg, für das neu gegründete Land Sachsen-Anhalt und die ersten Sitzungen seines Parlaments ein geeignetes Gebäude zu finden und auch die dementsprechende Herrichtung einzuleiten. Nachdem er erkennen musste, dass die umliegenden Schlösser zu klein und das jeweilige Parkett für die möglicherweise Trampelfüße der Abgeordneten zu empfindlich sind, landete er auf dem ehemaligen Junkers-Gelände, dem nunmehrigen gewaltigen Klubhaus der Nationalen Volksarmee. Im Foyer sah er ein riesiges Schlachtengemälde (wenigstens drei mal acht Meter) über dem Saaleingang hängen, und als er immer mehr ins Kichern und Lachen geriet, sagte der Oberst neben ihm sehr ernst: Das bleibt aber hängen. Das ist Kunst.

Nach dem sogenannten Faschingsball, als in der Nacht zum 3. Oktober 90 alle NVA-Angehörigen in die Uniform des bisherigen Gegners umsteigen mussten, begab sich der Dezernent mit seiner Mannschaft am 4. Oktober ein weiteres Mal zum Klubhaus, wo sich nun ein neuer Standortverantwortlicher vorstellte und ihnen im süddeutschen Dialekt zuschmetterte: Grüß Gott, meine Herren, seit acht Uhr habe ich hier das Kommando übernommen.

INHALT

I: NA JA, DER

II: ERSTENS, ZWEITENS

III: VON DER AUSBEUTUNG

IV: VON GUTMENSCHEN ALLESAMT

Manfred Jendryschik (1943–2025) wurde in Dessau geboren und studierte Germanistik sowie Kunstgeschichte an der Universität Rostock. Anschließend war er Lektor im Mitteldeutschen Verlag und ab 1976 als freier Schriftsteller tätig. In den 1980er-Jahren geriet er aufgrund des Verdachts auf „politische Untergrundtätigkeit" sowie seiner Kontakte zu kritischen Schriftstellern und westdeutschen Journalisten ins Visier der Staatssicherheit, die gegen ihn den Operativen Vorgang (OV) „Federkiel" anlegte. Von 1990 bis 1996 war er Kulturdezernent der Stadt Dessau. Seit 1996 gehörte er dem P.E.N.-Zentrum an. Sein literarisches Werk umfasst Erzählungen, Lyrik und Essays. Für sein Schaffen wurde er mehrfach ausgezeichnet, u. a. mit dem Händel-Preis des Bezirks Halle, dem Heinrich-Heine-Preis und dem Kunstpreis der Stadt Halle. Manfred Jendryschik lebte bis zuletzt als Autor, Lektor und Herausgeber in Leipzig.

Zuletzt erschienen: „Die Sichelfrau. Herrschaften und Verhältnisse. Miniaturen zu Bildern" (mdv, 2020, mit Karl-Georg Hirsch) und „Morgendunst und Rechteck-Land. Bilder und Miniaturen" (mdv, 2022, mit Uwe Pfeifer).

1. Auflage

Bernburger Straße 2, 06108 Halle (Saale)
www.mitteldeutscherverlag.de, info@mitteldeutscherverlag.de

Gesamtherstellung: Mitteldeutscher Verlag, Halle (Saale)
Umschlagabbildung: Grafik von Egbert Herfurth, Leipzig

ISBN 978-3-68948-044-8

Printed in the EU